幸せであるように

一 色 伸 幸

幻冬舎文庫

幸せであるように

目次

序章　離陸

「人生を悲観した時は、ヒースロー空港の到着ロビーを思い浮かべるといい。父と息子、母と娘、夫と妻、懐かしい友人、みんなが再会に歓喜し、抱き合い、キスを交わしている。崇高でもなくニュース性もないけれど、愛はいたるところにある。いつも、すぐそこに。九月十一日の犠牲者たちが最後にかけた電話も、憎しみや恨みではなく、愛のメッセージだった」

こういうナレーションから始まる映画を、浜田山《はまだやま》機長は飛行場に来るたびに思い出す。たしか、『ラブ・アクチュアリー』という題名だ。ストーリーは忘れてしまったが、冒頭、到着ロビーで泣き、抱き合い、笑う人々の瑞々《みずみず》しい表情は強く印象に残っている。

映画によれば空港は愛に満ちた場所だが、浜田山機長にとっては、通い飽きた職場だ。しかもここは華々しいロンドンの巨大空港ではなく、山間《やまあい》に一本だけの滑走路を擁し、自慢と言えば冬の除雪が速いことしかない青森空港だ。ホワイトインパルスという、変身でもしそうな名前をつけられた除雪隊は、東京ドーム十二個分の敷地を四十分で雪かきすると謳《うた》っているが、冬以外はなにをしているのか？

　いつも疑問を抱《いだ》く。


　定刻の朝八時少し前に、羽田行きJAL1200便は牽引車に押されてスポットを離れた。コックピットの時計は夜の十一時前を表示している。時差のある区間を移動することが多い航空機の計器は、グリニッジ標準時に統一されている。

　進行方向左側の機長席に座った浜田山機長は、副操縦士にエンジン・スタートを命じた。

　昨日の最後のフライトは伊丹空港発の青森便で、夜中に青森市内のビジネスホテルに到着した。パイロットは乗務開始の十二時間前から飲酒を禁じられている。コンビニで入手した弁当をかっ込み、妻がいつも持たせてくれる色とりどりのサプリメントを服し、素面《しらふ》で浅い睡眠を取った。

　今朝、ロビーで初めて会ったこの副操縦士に、

「よろしくお願いします。丸山弘美《まるやまひろみ》といいます」

　キリッと自己紹介されて、少なからずたじろいだ。

　三十前と推測される彼女は、短くも艶《つや》やかな黒髪同様、凛《りん》とした風情で浜田山機長を見つめていた。

　彼が勤務する巨大航空会社の操縦士三千人強の内、女性は二十名ほどだと記憶している。女性パイロットと組むのは、四十年近く操縦輪《ホイール》を握ってきた浜田山機長にして初めてのことだった。

　牽引車が離れて、ボーイング737−800は自身の力でゆるりと走行《タクシー》を始めた。飛行機の車輪に駆動力はない。ふたつのジェットエンジンの推力を加減して、時速六十キロで地上を進む。

　管制《タワー》から指示されたのは、西南に延びるランウェイ24だ。飛行機はいつも向かい風で離着陸する。数週間前までは、同じ滑走路を東北向きに使用していた。その場合は磁方位が五十八度なので、ランウェイ06と呼称される。六月が訪れ、北国の風も南に回ったのだ。滑走路の針路で四季を認識するのが、パイロットの生活だ。

　それを、もう何年つづけてきたのか？

　浜田山機長は上空を旋回する鳶《とんび》を仰ぐ。

　タクシー・アンド・テイクオフ・チェックリストの確認を終えると、操縦室を静けさが占める。若い時分の含羞や過剰な自意識はいつの間にか剝《は》がれ落ち、六十が近い浜田山機長は、旅客が搭乗する前などにＣＡたちと軽口を楽しむ。しかしながら、女性同僚との距離は摑《つか》めない。なにか気まずい。

車輪の方向を調整するチラーを操る弘美に、問わず語りした。

「陳腐な話だけどね。時代は変わるね」

「はい？」

「むかしは無骨な機械だらけだった操縦室も、いまじゃオフィスのようにコンピューター・スクリーンが並ぶグラス・コックピットだ。ＦＭＳに経路を入力すれば、私たちが昼寝していても飛行機《シップ》は羽田へ向かう」

進化は機体だけでなく、滑走路にも及んでいた。濃霧による欠航が年に百回近かった青森空港にも、十年ほど前、カテゴリーⅢａの計器着陸装置が導入され、飛行機のオートパイロットと連動して完全な自動着陸が可能となった。現在、欠航はほぼゼロだ。

後輩に向けて、機長はつい教官口調になる。

「丸山さん。すべての電源が断たれてこのスクリーンが真っ黒になったら、どうする？」

「バックアップのアナログ計器で姿勢を保持します」

「テロリストが暴れて、それも壊したら？　そんなことは起こりえない。でもね、起こりえないことも想定するのがプロです」

雲の中、あるいは闇夜。外の景色に頼れない状況で乱気流に長く揺さぶられると、空間識失調症《バーティゴ》に見舞われる。平衡感覚が奪われ、上下の知覚を失い、飛行機が上昇しているのか下降しているのかさえ摑めなくなる。どんな機械よりも、神経は脆《もろ》い。

だから危険な時には、自分を信じてはいけない。

そうした状況で水平儀や昇降計などの計器に頼れなければ、極めて深刻な事態に陥る。

「飛行機の操縦や航法が、船に由来していることは知ってるね？」

「はい。ＧＰＳなどがなかった時代、長距離を飛ぶ旅客機は六分儀で星を観測して自機の位置を計算してたんですよね」

「太古のポリネシアやミクロネシアの民《たみ》と同じだ。彼らは小さな船ひとつで、星だけを頼りに太平洋を自在に旅した。嵐に突っ込めばうねりは激しい。彼らも空間識失調症に悩まされた。船を安定させるためには水平を知る必要がある。どうしたと思う？」

弘美は、それが癖なのか、上の唇を舌先でつつきながら考え込んでいる。

「正解はね、全裸になるんだ」

「ゼンラ……ですか？」

「睾丸が垂れ下がる方向こそが、下なんだよ」

浜田山機長は破顔したが、弘美は、ああそれはそうですねと真顔で頷《うなず》いている。豆知識を兼ねた笑い話のつもりだったが、弘美は学びの部分しか引き受けず、空気が和むどころか気詰まりになった。

男の副操縦士となら、じゃあ女はどうしますか、乳房を使えばいい、貧乳ならアウトじゃないですかと軽口が弾むのに、勝手が違う。

そもそもこの話題は、世に言うセクハラではないのか？

浜田山機長は、「いまのうちに済ませておこう」と慌てたような早口で発し、ビフォア・テイクオフ・チェックリストに目を走らせた。

737が滑走路の端に近づき、あと数分で離陸を開始するという折、ヘッドセットからCAの声が流れてきた。

「キャプテン、L2のワカバヤシです。お邪魔してすみません。客席《キャビン》にクラッカーがあるんですよ」

「は？」

「機内に、クラッカーがあるんです」

「……もういっぺん、言ってくれないか」

ワカバヤシと名乗るCAが口にしたことを、浜田山機長はひとしきり把握できなかった。チーズと一緒につまむクラッカー、あるいは昭和の子供がカチカチと鳴らして遊んでいたアメリカン・クラッカー。それが機内にあることを、なぜいちいち報告してくるのか？　しかも離陸間際に。

この機には、定員に近い百五十五名の修学旅行の団体が乗っている。たしか、県立青森なんとか高校だった。

浜田山機長は修学旅行客を好まない。

たとえば沖縄・那覇空港への最終進入時など、機体の片側にエメラルドグリーンの海が広がると、彼らはCAや引率教師の制止を無視してカメラ片手に押し寄せる。着陸時は、たいてい手動で操縦している。意外に思われるが、大型旅客機でも、手で舵《かじ》を調節していると、CAが後ろから前に歩いてくるのを感知できることがある。

ましてや737は、ナローボディと呼ばれる中型機だ。急きょバランスが変わったまま、数人の客が立った状態で、新幹線より高速で車輪を滑走路に押しつけるのは、動悸や冷や汗を超えて、叫び出したい怒りに駆られる。

――今朝、この飛行機に搭乗した修学旅行生は、違う形で浜田山機長を煩わせた。

ひとりの女子生徒が、備え付けの機内誌をめくっていて、見つけてしまったのだという。

『航空法により、機内に持ち込めない危険物』には、ナイフや銃器といった武器だけでなく、高圧ガスや可燃性物質、『花火、弾薬、クラッカーなどの火薬類』が含まれている。彼女が『クラッカーなどの火薬類』という豆粒のような表記を発見しなければ、浜田山機長の災厄は避けられた。

女子生徒は旅行先の東京で同級生の誕生日を祝おうと、手荷物にクラッカーを三本入れていた。初めて飛行機に乗った彼女は逞《たくま》しく妄想したのだろう。離陸する旅客機。上昇する機内で、クラッカーになにかが起こる。火薬が破裂し、火花が引火し、燃える棺桶と化した航空機が八甲田山に墜落していく。

恐怖に襲われた彼女は、眼前のジャンプシートに掛けたCA、取りも直さずワカバヤシに手を挙げて、

「じつは――」

切迫した面持ちで切り出した。

「じつは……あたし……。知らなかったんです、すいません！」

ワカバヤシから顚末《てんまつ》を聞かされた浜田山機長は呻《うな》った。

「たしかにね、クラッカーは持ち込み禁止の爆発物です。ただ……一トン持ってるわけじゃないんだから」

自分を納得させようと独りごちたが、副操縦士は、

「スポットに戻りましょう。航空法で決まっていることですから。……管制官に連絡します」

融通をきかせない。

浜田山機長は冷静を装って頷いて見せながら、心の中で空き缶を蹴飛《けと》ばし、幾度も踏み潰した。そう、女の大半はいつでも学級委員だ。

航空会社が安全に次いで留意するのが、定時運航だ。特に国内線は時間に追われる。今日も三レグのフライトが待っている。すなわち、まず青森から羽田に飛び、羽田から広島に赴き、広島から羽田に戻って、ようやく三日ぶりに船橋の我が家に帰ることができる。

この便が遅れることで、次の便、その次の便の客に迷惑がかかる。クラッカー三本のせいで。

さらに、空の上にはガソリンスタンドがない。航空機にとって燃料《ケロシン》は命だ。この地上走行だけでドラム缶一本の燃料が消費される。

弘美がチラーで前輪の向きを変え、737は滑走路から離れてターミナルビルへ戻り始めた。

「じ・つ・は」

「……機長？」

「じつはって言葉、私は大嫌いだよ」

浜田山機長は、離陸に備えて着けていたセーム革の手袋を外しながら、つづけた。

「じつはあたし、クラッカーを持ってます。じつはあなたは重い病気です。じつは来月から給料が減る。じつはうどんより蕎麦の方がカロリーが高い。……じつは、って前置きの後には、ろくでもない知らせを聞かされる」

弘美が初めて面差しを柔らかくした。愉快そうに話を引き継ぐ。

「じつは、あなたのほかに好きな人ができた。じつはこの目、整形なの。じつはこの子の父親はあなたじゃない」

「きみ、すごいな」

「そうなんですよ。じ・つ・は」

浜田山機長が笑い、狭いコックピットの空気がほぐれた。

「そうして、じつは私は……」

浜田山機長は口にしかけた台詞《せりふ》を飲み込み、怪訝《けげん》そうな弘美の視線から逃げるように、E《ア》I《イ》C《キ》A《ャ》S《ス》の表示でエンジンの状態をチェックした。

心の中で、じっくりと味わうようにつぶやいてみる。

そうしてじつは私は……三日後に、終わる。

クラッカーを降ろしたJAL1200便が、スポットから牽引車に押し出される。ターミナルビルから十分距離を取ったのを見定めて、浜田山機長は弘美にエンジン・スタートをオーダーした。

広い空間でなければ、エンジンは始動させられない。ジェットエンジンは前方数メートルの人間を吸い込んで轢断《れきだん》し、後ろ数十メートルの人を吹き飛ばして死傷させる。

牽引車が離れ、機は誘導路へと進み始めた。目指すはランウェイ24。

「フラップス二十《トウエンティー》」

浜田山機長の指示に、弘美は、「フラップス二十」と復唱してフラップレバーを倒す。主翼の後部に可動翼が展開して揚力が増す。

今度こそ快晴の空に羽ばたくのだ。

「キャプテン、L1のクワバラです」

ヘッドセットから若い女の声が聞こえて、タクシー・アンド・テイクオフ・チェックリストを準備していた浜田山機長は嫌な予感を覚えた。弘美も、ポケットから出した黒飴を口に入れようとしたまま固まっている。

「L1のクワバラです。すいません、あの……また、なんです」

「また？」

「また、なんですよ」

「また、とは……?」

機内誌でクラッカーの持ち込み禁止を知り、「じつは」とCAに告白した女子生徒は教師に叱られ、出発を遅らせた犯人として生徒たちに白眼視され、身を縮こまらせていた。

青ざめていたのは彼女だけではない。旅先で友だちの誕生日を祝おうとクラッカーを所持していたのは、彼女のほかに八人もいた。彼らは、「たかがクラッカーだもん。平気だよ」と楽観していたが、旅客機がゲートに戻り、一度閉まった扉が開き、CAが地上職員にクラッカー三本を手渡す事態を目の当たりにして心許なくなってきた。

もしかしたらクラッカーは、とてつもなく危険なのではないか?

飛行機はターミナルを離れ、滑走路へと走り出した。もうすぐ離陸する。上空でなにかが起こる。火の玉となって八甲田山に突っ込むのではないか?

「……あの」

ひとりの女生徒がCA、取りも直さずクワバラに手を挙げ、それが引き金になって、八人全員が競うように挙手したのだという。

「じつは」

「じつは!」

「……じつは」

「じつはっ」

「じつを申しますと」

「――じつは」

「じつは！」

「じつは‼」

　怒りに震えた浜田山機長が、温厚な風貌に似合わない雑言《ぞうごん》を吐こうとする前に、弘美が舌打ちをした。チッと、思わず。学級委員が先に切れていた。

　管制塔に連絡した弘美がチラーを回し、機は滑走路に並行する誘導路に再び入って、再びゲートを目指す。すべてが再びだ。

　これはデジャブか？

　浜田山機長は、悪夢か不条理小説に迷い込んだ気分だった。

　世界が終わる三日後までに、離陸できるのだろうか？

　教頭や教師たちが生徒全員に執拗に念を押し、「金輪際、クラッカーはありません」という報告がコックピットにもたらされた。

　定時を三十分過ぎて、ＪＡＬ１２００便は牽引車に押されてターミナルビルから離れた。

エンジン・スタート。スラストレバーを前に押し出す。チラーで向きを調整しながらランウェイ24に。フラップを二十度下げる。合間にタクシー・アンド・テイクオフ、ビフォア・テイクオフなど、何項目にもわたるリストをチェックする。

この朝、三度目の作業だ。

やがて737は幅六十メートル、長さ三千メートルの滑走路に進入し、機首を二百三十八度に向けた。弘美が操縦輪に手をかけようとする。浜田山機長が述べた。

「アイ・ハブ」

私が操縦する、という命令だ。

弘美は一瞬、恨めしそうに視線を強くしたが、すぐに、

「ユー・ハブ」

手を膝に置いた。彼女の無念が、浜田山機長には痛いほど分かる。彼も若い頃なら唇を噛み締めただろう。

パイロットは離着陸を多くこなすことで成長する。ニューヨークやパリへのフライトと国内線を較べたら、新米たちは圧倒的に国内を望む。十三時間で一回しか離着陸しない欧米線よりも、日に何回も離陸し、着陸する国内線の方がたくさん学べる。

弱い向かい風という絶好のコンディションで、離陸を副操縦士に任せないのは意地悪とさ

え取られかねない。

それでも、構わない。

浜田山機長は断じた。目下の離陸だけではない。羽田での着陸も、広島への往復も、本日のフライトのマニュアル操縦は自分が行う。

なんとなれば――。

今日を入れても、残り四日だからだ。

明々後日《しあさって》に、浜田山機長は定年退職する。

操縦輪に感じるエルロンやエレベーターの、両足を置いたペダルから受けるラダーの感触を、思う存分、味わっておきたい。だから断固、アイ・ハブだ。

「ジェイエイエル1200《ワンツーゼロゼロ》、ウィンド・カーム。クリア・フォー・テイクオフ」

管制塔からの声に、「クリア・フォー・テイクオフ」と返事をすると、管制官は世界の空港に共通の挨拶を送って寄越した。

「ハブ・ア・グッド・フライト」

良いフライトを。

安全で快適で、心地よい旅を。

「チェックリスト・コンプリート」弘美が告げる。

「テイクオフ」浜田山機長が口を開く。

「テイクオフ」弘美が反復する。

浜田山機長がスラストレバーを押し出す。

「オール・スタビライズド」

「チェック」

エンジン音が甲高《かんだか》くなるのと同時にブレーキがリリースされ、737はセンターラインに埋め込まれたライトをゴトリゴトリと踏みながら走り出す。振動がゴトンゴトンとなり、スピード表示を見つめていた弘美が「エイティ」とコールする。ゴトンゴトンがゴッゴッに変化し、ゴーとなった頃、弘美が「ヴィ・ワン……ローテイト」と発し、浜田山機長は操縦輪を引く。

強いGを全身で味わう。

機が上昇を始める。

飛行機は鳥のように自由なわけではなく、出発、巡航、着陸、どれも定められた道をたどる。今日、管制から指示された出発経路はイワキ・ファイブ・ディパーチャー。このまま二百三十八度の方角に飛び、ウェイポイントGONOUで九千フィートの高さに達していればいい。

弘美に指図して車輪とフラップを引き込み、高度千フィートでオートパイロットを入れた。鎮痛剤が頭痛をほぐすように、浮遊感が苛々を鎮めてくれる。

「じつは」

血の気を失った顔でクラッカーの所持を申告した十七歳を想うと、心ならずも微笑が浮かぶ。

いま、客席の高校生たちは窓に張り付き、生まれ育った町が小さくなるのを眺めているだろう。浜田山機長は彼らが少しでも長く風景を楽しめるよう、V／Sのノブを回して上昇率を2000に抑えた。

若い時は、できるだけマニュアルで飛び、スキルを磨いた。経験を積むごとに腕は上がり、素早い降下や旋回を成すと得意を覚えた。

浅はかだった。

後ろを見て飛ぶのが真のパイロットだと知ったのは、二十五年前、妻が長女を産んだ頃だろう。

出発前にチェックする搭乗者名簿に赤ん坊を見出《みいだ》すと、まだ虫のように小さな娘が重なった。急上昇で耳の痛みに泣き出したら可哀想だ。与圧や上昇率に配慮するよう変化した。手足で飛ばす鮮やかさには欠けるが、機を滑らかに動かす自動操縦を多用するようになった。

浜田山機長を一人前に育てたのは、台風時の離島着陸や予断を許さない積乱雲への対処ではなく、家族への想いだった。

弘美が機会に飢えているのは当たり前だ。不要だとは考えない。それでも経験が過去の事柄である以上、頼るのは危うい。

なによりも、後ろを見ること。案じて、守ること。

いつか彼女も知る日がくる。

空港の到着ロビーには再会の喜びが溢れている。映画が描いたように、愛を目撃できる。

その通りだろう。しかし、その人たちを安全に届けたのは私たちだ。

オートパイロットだから楽ちんだろうと言われるのは心外だ。コンピューターはいつ暴走するか知れない。狂っても平然としているから質《たち》が悪い。常に眺め、修正し、確かめる必要がある。いざとなれば機械から制御を奪取する。

何度でも言う。その人たちを送り届けたのは、私たちだ。

まもなく訪れる最後のタッチダウンの際、なにを感じるだろう?

それは、その時の話だ。

現在は背後に目を凝らす。

友人の誕生日を祝うためにクラッカーを用意し、ふてぶてしく装っているわりに臆病で、無神経で、繊細で、残酷で優しい。寝顔からさえ生気を迸《ほとばし》らせ、笑い声にも我知らずの怒気を含んでいる。愚かで、利発で、きれいで醜い。

誰もが過ごした寄る辺ない時間を漂う十七歳たちを、浜田山機長は見つめている。

羽田空港の着陸が、C滑走路と呼ばれるランウェイ16Lだといいなと、思いついた。なぜなら……。16Lへの最終進入時には、右側の窓から東京ディズニーランドを見下ろすことができる。

浜田山機長は眩しい雲海に顔をしかめてサングラスを掛けながら、祈った。

「ハブ・ア・グッド・フライト」

第1章　チーム手さぐり

あたしが通う青森県立青森東北原高校、通称アオッパラの修学旅行は、三泊四日の鎌倉、東京。

朝六時半に青森駅前集合。胸が高鳴って、四時まで眠れなかった。

車で送ってくれる父もどき③が、

「ユマちゃん。飛行機初めてなんだろ? ちゃんと靴を脱いで乗るんだよ」

真顔で語るので、あたしは退屈そうに欠伸《あくび》をしてやった。誰かと連絡を取り合うふりをして、スマホで、『飛行機・靴』を検索する。

念のために。

あたしの父親はあたしが生まれる前に「いなくなった」と母ちゃんは言う。父を捨てたか捨てられたかした母ちゃんは、懲りることなく男と番《つが》い、あたしが覚えている中で三番目の人だから、父もどき③。土産物《みやげ》として有名らしい飴屋で売り場を仕切る母ちゃんが、観光ホテルの副支配人といかにして一緒に暮らす仲になったのか、あたしは知らない。

胸が膨らみ始めた時期のあたしを、お酒を舐めながら怪しい目で睨《ね》めていた父もどき②よりも、父もどき③はずっとまともで温かい。あたしは母ちゃんが父もどき③と結婚することを願っている。ただ、欲しいのは父親ではなくて、姓だ。

馬場結真実《ばばゆまみ》。

あたしの名前。『結真実』は悪くない。みんなに、「ユマ」って呼ばれるのも気に入ってる。馬場は犯罪だろう。多感な少女には酷すぎる姓だ。ババ。完璧なほど美が見当たらない。

父もどき③は『三浦《みうら》』という。

三浦結真実。

この佇《たたず》まいなら胸を張れる。

こういうことって、大事。今年の春、『春色濃於酒』って書いたあたしの習字が県大会で金賞を獲った。みんなや母ちゃんや父もどき③から、『春色濃於酒』の意味を訊かれた。知らない。先生が板書したいくつかの例文から、一番萌えるのを選んだ。

「意味も読み方も知らないで書いたの？　それってユマらしい」

嗤《わら》う友だちに、あたしは尋ねた。

「相手の男の子のデータを知らないと恋はできない？　まず雰囲気でしょう。見てくれでしょう。彼の名前や体重や成績なんか分からなくたって、気持ちは上がるでしょう。みんな、そうじゃない？」

あたしは『春色濃於酒』の容姿に恋をして、気が済むまで筆で愛《め》でただけ。

「ユマ！」

大きな荷物を運転手さんに預けたあたしはバスのステップを上がって、まいちゃんたちの歓声に包まれた。

「まいちゃん！　おおお、まいちゃん！」

「ユマ、あんた起きれるかなって、うち、それが気がかりで眠れなかったらうちが起きれなかった！」

「ミカ、おはよう！」

咆哮《ほうこう》を交わす女子のいつもの儀式が、男子たちには鬱陶《うっとう》しい様子だ。最後尾で窓に頬を押しつけて寝ていた今川達也《いまがわたつや》が、ヘッドホンを耳に当てて黄色い声を遮断した。スマホに付属するイヤホンではなく、黒塗りの、本気が半端ないヘッドホン。

達也がチロッとこちらを見た。

まいちゃんがつぶやく。

「達也、やな感じ。人を馬鹿にするような冷たい目だよね。ムカつく」

前は違った。

達也は陸上部の競歩のエースという、派手なのか地味なのか微妙なとこにいた。ありえないほどお尻を振る競歩の自虐ネタでクラスの笑いを取っていた。いつの頃からか口数を減らし、ああいう目をして誰とも交わらなくなった。

どうしたんだよ、競歩のヒーロー？　達也の耳に響いている音楽が、あたしには聞こえない。

「揃ったか？」

かすれた声に顔を向けると、担任の廣田《ひろた》孝太郎《こうたろう》センセイが瞼《まぶた》をこすりながら尋ねていた。青いネクタイが二度見するほど浮いている。

「三組、揃ったか？……数えるぞ」

廣田センセイは腰を浮かしかけたけど、面倒になったのだろう。再び座ると目頭を揉みながら、

「誰か数えて、報告してくれ」

そう言い放った。

担任にやる気がないせいで二年三組には締りがなく、かわりにお気楽で伸びやかな空気が

ある。

あたしが思いつきで、「秋の学園祭でガールズ・バンドをやりたい」と許可を求めた時も、廣田センセイはまったく脳味噌を働かせることなく、「やれば」と吐き、そこであたしは、まいちゃんや、楽器のできる女子をほかのクラスからも集めて、『dℓ《デシリットル》』というバンドを結成した。

ハモニカどころかカスタネットさえ無理なあたしは、必然的にリード・ボーカルに就任した。

たいした練習もしないうちから、

「夏休みには路上パフォーマンスして、お小遣い稼ごう。なにかの間違いですっごく儲かったら、ハワイとか行っちゃわない？」

意気だけがあがっている。なんだって、やってみないと分からないしね。

初めて飛行機に乗った。

席は自由だというので、まいちゃんや、一組の野々花《ののか》ちゃん、二組の唯《ゆい》ちゃんと固まって座った。まいちゃんは『dℓ』のベース、野々花ちゃんはドラム、唯ちゃんはギター。

お喋りしながら野々花ちゃんの動作を盗み見て、シートベルトをそれらしく腰に巻いた。

あたしはチーム手さぐりだ。

勉強は頭に入らない。なぜ勉強するのかも不明だ。母ちゃんと父もどき③とか人生とかセックスとかテレビのニュースとか、謎。偏差値っていうのもよく知らない。将来どころか、明日さえ靄《もや》の中でモヤモヤしている。

いつも墨汁の中のような暗い洞《ほら》を、おっかなびっくり手さぐりで進む。まいちゃんも野々花ちゃんも唯ちゃんもヘッドホンの達也も、きっと同じだから、あたしたちはみんな、チーム手さぐり。

いつになるのか見当もつかないけど、『dℓ』の初めてのライブで、あたしは、「ノッてるかーい⁉」ではなくて、ありったけの声でこう叫ぶ。

「みんなーっ！　手さぐってるかーい⁉」

いつかはこの闇に光が射すのだろう。廣田センセイだって一組の中島升美《なかじまますみ》先生だって二組の畑《はた》香織《かおり》先生だって四組の山下《やました》みずほ先生だって、手さぐりで授業や進路指導をしているようには見えない。大人は断固としている。

ましてや、

「ご搭乗ありがとうございます。シートベルトはお締めですか？」

制服姿で悠々と歩くＣＡのお姉さんや、飛行機に乗る前、ボーディング・ブリッジとかいう通路の窓からチョロリと覗けたパイロットさんには、知らないことや悩みなど、かけらもないだろう。

関係ないけど、パイロットのひとりは、「都会！」って印象のきれいな女の人だった。あたしは匂いを嗅《か》ぎたくなった。

大人たちは煌々《こうこう》と明るい道を、つまずくことなく歩いていく。手さぐるあたしたちを憐《あわ》れみながら。いつかああいう堂々とした日がくることを、あたしは想像できない。

ゴトリ。飛行機が動き始めた。

いつ飛ぶのだろうとドキドキしていたら、余裕有りげに機内誌のページをめくっていた唯ちゃんが、藪《やぶ》から棒にCAさんに手を挙げた。この期に及んでおしっこかしらと唇をすぼめたら、唯ちゃんは『若林』という名札をつけたCAさんにこう切り出した。

「じつは」

声が震えている。

「じつは……あたし……。知らなかったんです、すいません！」

――コントが開幕した。

唯ちゃんは面《おもて》にはてなを山ほど浮かべたCAさんに、足元に置いたリュックの中に危険物を持っていると喋り始めた。

危険物って爆弾？　なぜ唯ちゃんがハイジャックを？

実際にはそれはクラッカーだった。唯ちゃんがいる二組の柴恭平《しばきょうへい》が、修学旅行先で誕生日を迎える女子のサプライズ・パーティーをしようと発案したらしい。

恭平は、話したことはないけど知ってる。

まんまる。

笑顔が温和で、顔も体型も毬《まり》のように丸い。廊下で仲間とふざけながら、「これは一本取られましたなあ」とか、「たいした、たまげた」といった、古《いにしえ》のサラリーマンっぽい奇天烈《きてれつ》な言い回しを、甲高い声でよく響かせている。購買でジュースを求める際、「とりあえずビール」と言って、おばさんたちを賑やかせたこともあった。

どうしてそこまでする必要があるのかあたしには分からないけど、飛行機はクラッカーを降ろすため、くるりと回って出発点に向かった。

二組担任の香織先生が唯ちゃんを席移動させた。修学旅行の責任者である大西洋和《おおにしひろかず》教頭と挟んで、左右からステレオでお説教をする。香織先生の声は英語の授業をする際と同じように穏やかだったけど、大西教頭は右頬に電気を走らせていた。ピリッ、ピクッ。

あれは教頭先生の癖で、怒りや不快に襲われると、右のほっぺが引きつるように痙攣《けいれん》する。へこみまくっている唯ちゃんを遠目に案じながら、あたしは野々花ちゃんと語り合った。

「まあどうでもいいんだけどさ。言い出しっぺの恭平の荷物も調べた方がよくね？」

「だよね」

「普通は、まず捜索するよねえ」

「だよね」

　ＣＡさんが重そうな扉を押し引きして開けて、待機していた職員さんに三本ほどのクラッカーを渡す。また扉を閉めて、ほどなく飛行機は再び動き出した。

　あたしは恭平のことを相談してみようかと機内を見回して、すぐにどうでもよくなった。廣田センセイは『修学旅行のしおり』を膝に広げたまま口を半開きにして、阿呆の標本のような格好で寝入っていた。さっきの騒ぎを、たぶん知らない。

　野々花ちゃん越しの窓に、滑走路なのだろう、赤と白の旗が風にふわふわなびいているのが窺えた。まもなく離陸だからシートベルトを確認してくださいというＣＡさんのアナウンスが流れる。

　その時、数人の女子が、さらに恭平がＣＡさんに向かって競うように手を挙げた。

「じつは」

「じつは！」

「……じつは」

「じつはっ」

「じつを申しますと」（恭平の声だ）

「――じつは」

「じつは！」

「じつは‼」

あたしと野々花ちゃんは噴き出すのを堪《こら》えて「ぶぽっ」となり、膝をつねって、あんまり堪えて涙が出てきた。

「じつは」と言い出したのが八人もいたのは驚きだけど、そもそも唯ちゃんだけがクラッカーを持ってる方が不自然ではないか。大西教頭の頬はもう、釣り糸で引っ張ってるような勢いで激しく引きつれていた。千切れやしないかと心配になる。

アオッパラ、最高！

このコントが可笑《おか》し過ぎて、本来期待していた初めてのフライトに感動はなかった。空気か雲か知らないけど、身体《からだ》を圧してくるなにかの感じがお布団みたいで、いつの間にか爆睡していた。

夢の中でも、あたしは雲をかきわけ、風でめくれ上がりそうな制服のスカートを押さえ、とにもかくにも手さぐっていた。まいちゃんと野々花ちゃんと復活した唯ちゃんのトークと菓子袋を回す音が、遠く近くを漂っている。

誰かがキャッと跳ねた。

「あれってディズニーランドじゃない!? そうだよ、うちら、シンデレラ城を見下《みくだ》している!」

それは「見下《みお》ろしている」の誤りではないか? あたしたちって、チーム手さぐり。

「たいした、たまげた」

恭平の口癖を真似しちゃいそうなほど、あたしは動揺していた。

羽田空港にある飛行機は、青森駅前のターミナルに停まるバスより多い。通路の人のうねりを見渡すと、「立派なもんだべ」と自負していたねぶた祭りの賑わいがうら淋《さび》しく思えてしまう。

雨宮《あまみや》さんという、歯が不自然に白い男の人と、普天間《ふてんま》夕子《ゆうこ》さんという米軍基地的な名前の女の人が、青森駅前から同行している旅行社の添乗員さんだ。彼らの旗を見失ったら、生還できる気がしない。

やがて普天間夕子さんが足を止め、生徒たちが集まるのを待ち、伸び上がってありったけの声を出した。

「県立青森東北原高校のみなさん、こちらです！　これからバスに乗って鎌倉へ移動します。一時間から一時間半のドライブです。お手洗いに行きたい方は、ここで。十分後には出発しますからね。先生方、点呼をよろしくお願いします」

トイレに小走りする子たちから離れて、あたしはロビー内にあるコンビニに向かった。なんとなく。普天間夕子さんが掲げている旗が見える範囲内なら、恐《こわ》くない。

あたしの初めての、東京ひとり歩き。一歩一歩が、軽くて重い。大袈裟《おおげさ》だって、自分で知ってる。それでも本当に、そう感じる。

——爆発した。

いきなり閃光《せんこう》に包まれて、轟音《ごうおん》の後、鼓膜が破れたように音が消えた。一瞬で、あたしはさっきまでとは別の世界に立っていた。

テロリストは、あいつだ。

コンビニのレジでフリスクを買っている他校の男子が、あたしの周りを一変させた。

華奢《きゃしゃ》な長身に紺のブレザーを纏《まと》い、臙脂《えんじ》のネクタイの似合いっぷりは廣田センセイに拝ませたいほど。店員にお金を渡す指がほっそり、しなやか。『春色濃於酒』を凌《しの》ぐ勢いの立ち姿だ。

フリスクにシールを貼ってもらった彼は、きれいに磨かれた革靴を動かして、出口、すなわちあたしが立つ入り口に向かって歩いてきた。理知的でツルツルした顔が近づいてくる。目が合った。パニクりながら逸《そ》らそうとしたけど、うまくいかない。涼し気な眼差《まなざ》しを至近距離から鑑賞した。

すれ違う刹那《せつな》、肺が破れそうなほど息を吸い込んだけど、匂いはゲットできなかった。ここまで心を囚われたのは初めてだ。ぼんやり憧れたり、そばにいるのが嬉しかったことは何遍もあったけど、いきなり、マックス。

胸の高鳴りと一緒に、悲しみが滲《にじ》み出してくる。あたしは彼の名前さえ知らない。学校名もLINEもメアドも。

彼はこうまであたしを引き寄せ、くすぐったのに、

「やりっぱなしじゃねえか」

理不尽な怒気が込み上げる。

追いかけて、せめて連絡先を聞こうか。できもしない迷いに右往左往していて、「わっ」と声を漏らして驚いた。レジのかたわらにスマホが置きっぱなしになっている。お金を払う際、彼がそれを一旦置いたのを、あたしは清《さや》かに目撃していた。

ウルトララッキーなことに、店員は気づいていない。

あたしはカウンターに小走りして、彼が選んだのと同じ黄色いフリスクをレジに出し、隅

に残されたスマホを撫でた。あたかも自分のもののように。

スマホには小さなラッパをぶら下げたストラップがついている。店員さんとお金を遣《や》り取りして、立ち去り際にスマホを両手で包んだ。想ったよりも、あたしはワルだ。

コンビニを出ると人がわらわらしていて、彼の姿はとうに見当たらない。

余裕。

あたしは彼に繋《つな》がる糸の片端を握ってる。忘れ物として交番に届ける気はない。彼が羽田から観光バスに乗ったのか、それともこれから羽田を飛び立つのかは不明だ。でも、いつかは自身のスマホに連絡する。

フリスクを口に含んでみた。正直、苦手。痛いほど辛《から》くて、泣きたいほど酸っぱい。

だけど、幸せ。目下、あたしの口の中は、彼と同じ味と香りに満ちている。あたしとあの人の口が溶けてひとつになったようで、あたしの頭の中を、
はあ、はあ、はあ、はあ。

ぜったい作文に書いてはいけない単語が飛び交う。そういう言葉が際限なく、垂れて噴いて溢れて乱れる。

ようやく、旗を持っている普天間夕子さんが視界に入る。さっきまで命綱のように頼もしく、目映《まばゆ》く見えたお姉さんが、少し縮んだように窺える。なんだろう、この感覚。

……優越感？

普天間夕子さんの恋愛事情は知らないけど、あたしには好きな人がいるというだけで負ける気がしない。まいちゃんにも唯ちゃんにも闘わずして勝っている。

野々花ちゃんは微妙だ。一年先輩の男子と付き合っている。この夏のねぶた祭りの夜は二人で遊ぶのだと打ち明けてくれた。惜しむらくは、その先輩は不細工だ。片思いのイケメンと両思いの不細工を秤《はかり》にかければ、野々花ちゃんには相済まない結論になる。

さっきまで畏《おそ》れていた大東京にさえ、負ける気がしない。出くわした唯ちゃんに、ラッパのスマホを握った右手を掲げて、あたしは告げた。

「世界はこれを愛と呼ぶんだぜ」

唯ちゃんは、「なにそれうける」、華麗にスルーした。

三組を乗せた三号車はアトラクションかと勘違いしそうな立体交差をすり抜けて、海なのか川なのか曖昧《あいまい》な水辺の高速道路を走る。

「青森東北原高校二年三組のみなさん、おはようございます！　三泊四日の鎌倉、東京修学旅行、超楽しんで参りましょうね。古都鎌倉までは約一時間のドライブです。ここでデスティネーション、湘南のサウンドを……」

どこかタレントの、そう、ミッツ・マングローブに似たバスガイドさんが喋っているけど、あたしには関係ない。父もどき③が買ってくれたｉＰｈｏｎｅを操作してお気にの曲を流し、イヤホンは置いてきたので、小さなスピーカーに耳をくっつけた。

胸苦しくなるほど切ない声が唄い始める。

幸せであるように心で祈ってる
幸せであるように心で祈ってる

斜め前に座った廣田センセイが振り向いた。うるさいと注意されるのかと身構えたら、

「ボリューム、上げろよ」

思いがけないことを言う。

廣田センセイがボーカルに合わせて口ずさむので、あたしは、

「へ？」

だった。

五所川原のライブハウスで、唯ちゃんの先輩のお姉さんの彼氏という、遠い知り合いがボーカルを務めるライブでこの曲を聴いた。

別れはつらくて　でもみんな愛し合うのに
涙がなんでこぼれ落ちるのかな　声を奮わせて
ママも死んで　それでも僕は君とキスを交わしている
子供も生まれてくれれば　懐かしい友のことなど
忘れるかもしれないよ

幸せを祈りながら泣いている。人懐こいようで残酷なフレーズ。感謝と呪詛《じゅそ》が、熱と冷淡が混ぜ合わさっている。分かるようで摑めない。あたしからすればこの歌は、

「手さぐってるね」

そう感じられたから音源をコピってもらい、いつになるか不明な『dℓ』のライブで唄うのだと決めていた。

「廣田センセイ。知ってるの、この歌？」

廣田センセイはセンス皆無のネクタイを緩めながら、鼻で笑った。

「お前こそよく知ってたな。これ、古い歌なんだ。『幸せであるように』。先生が中学だったか高校だったか……ＦＬＹＩＮＧ ＫＩＤＳってバンドが唄ってた。ソウルチックで、ぶっ

飛んだ」

「そうなんだ」

「十七の頃、これを聴きながら泣いたことがあった」

「え」

「……十七歳だった」

廣田センセイは三十四、五？　そりゃ、大昔にはあたしたちと同じ十七歳だったでしょう。それはそうでしょう。それなのに、まったく実に迫らない。事実なのに本当じゃない。

「それってさあ、センセイ。どうして泣いたりしたの？」

あたしの無遠慮な質問をはぐらかそうとしたのか、廣田センセイは上半身を伸ばして、あたしがドリンク・ホルダーに置いた大事なスマホのストラップのラッパを指で揺らした。

「触んないでよ」

「え？」

「触らないでください。このラッパ、そうだ、うん、壊れやすいし」

「ホルン」

「え」

「それ、ラッパじゃなくてホルンていうんだぞ」

「あ。……ホルン」

ホルンのスマホはロックされていて、中のデータを覗くことはできない。メールや電話がくる気配はない。彼がスマホをなくしてから、もうすぐ百年が経過する。時計では一時間だけど。

このまま連絡がなかったら、どうしよう?

かたわらのiPhoneが啼《な》いている。あたしは憂鬱に覆われそうになって、それをぶっ飛ばしたくて、歌に合わせて祈った。

幸せであるように心で祈ってる
幸せであるように心で祈ってる

そして、『ムーンライト・セレナーデ』。

鶴岡八幡宮というところでバスを降りた瞬間、ホルンのスマホが奏で始めた。これが彼の着メロだった。曲名を知っているのは、遠い記憶の中にいる父もどき①がジャズを好み、A列車がどこかに行くとか月まで連れてってとか、そういう音楽をいつも車の中で流していたからだった。

液晶には、『たっちん♂』と表示されている。スマホを紛失したことにやっと気づいた彼は、『たっちん♂』という友人の携帯を借りて自分のスマホにかけてきた。

ぜったい、そうだ。

あたしは人差し指と中指を交差させた。テレビで見たアメリカの映画に出てきた幸運のおまじない。グッド・ラック。

おもむろに、『応答』の表示にタッチした。

「もしもし」

「ええと……もしもし。そのスマホは……？」

探るような口調。

彼だと確信して、あたしの温度が上がった。

「もしもし。あたし、青森県立青森東北原高校二年の……三浦結真実っていいます」

馬場とは言えない。

「修学旅行に来て、羽田のコンビニでこのスマホを拾いました。──コンビニの店員さんは忙しそうだったし、羽田、広くて、落とし物をどこに届けていいのか走り回ってるうちに集合時間になっちゃって、それで……」

「そうだったんだね」

安堵《あんど》した調子に変わる。

「僕も修学旅行なんだ。都立葛飾高校のウスイソラです」

碓氷空《うすいそら》の漢字を、空くんは辛抱強く教えてくれて、あたしは熱心に教わった。億に一つ碓氷結真実になったら、イニシャルはUUだとまで羽ばたいた。

「福岡空港に着いたらスマホがなくて、飛行機の中かな、羽田かなって、とにかく電話してみることにしたんだ。親切な人でよかった」

「親切」はつまらないなあ。むしろ、「意地悪」とか「悪魔」って言われたい。コンビニで見とれた澄んだ瞳を潤ませながら、「ユマちゃんの意地悪」とか。

はあ、はあ、はあ。

「あたしも丁寧な人で安心しました。ホルンのストラップがついてるから、女の人かなって想像してたんですよ」

ワルだわ、あたし。

「僕、部長なんだよ。ブラスバンド部の。ホルンを知ってるんだ。嬉しいなあ。たいていラッパでくくられちゃうから」

これほど廣田センセイに感謝したことはない。

「もう鎌倉に来ちゃったし、どうしようかって悩んでたんです。スマホはロックされてるし」

「三浦さんの電話とメアド、教えてくれる？」

そうすればあたしと空くんは、あたしのｉＰｈｏｎｅと『たっちん♂』の携帯で連絡を取り合える。さり気なく自機のロックを解除させないあたり、憎い。画像？　動画？　どんな秘密を隠しているのかしらこの子ったら。

はあ、はあ、はあ。

あたしが連絡先を伝えると、空くんはあらたまった声になった。

「それで、スマホを返してもらう段取りなんだけど……。方法は二つだね。ひとつめは、宅配便で送ってもらう。もちろん着払いで」

殺意を覚えた。

「もうひとつは、僕や三浦さんの旅程次第なんだけど……。三浦さんの学校って、何泊？」

「ええと……」

あたしは何回もしおりを読んで暗記してたけど、しばし考えるふりをした。

「三泊四日ですね。帰りは夕方六時半に羽田を発ちます」

「ピッタシ！　僕らはね、その日の五時に羽田に戻るんだ。だから五時半に、三浦さんがそれを拾ってくれたコンビニの前で会おう。それでいいよね？」

神様、ありがとう！

「あのさ、辛いものって、苦手？」

期待以上の展開に上の空になっていたあたしは、「平気」と口走った。苦手なのに。

「よかった。じゃあお礼に明太子買ってくよ。福岡って、ほかになにがおいしいか知らないし。明太子、大丈夫だよね？」

あたしは唇を舐めて濡らして、ワルい女が出しそうな声で囁いた。

「だあい好き」


電話を切って、走った。

足がもつれそうな勢いで走った。

鶴岡八幡宮は案外と広く、砂利を蹴散らし、見回しながら、あたしは走りつづけた。手水舎《ちょうずや》の横で鳩に餌をやって騒いでいる『dℓ』のメンバーを、やっと見つけた。駆け寄ったあたしに、唯ちゃんが弾《はじ》けた声をかける。

「ねえユマ聞いた？　二号車で大事件だよ。ほかの学校の男子が普通の顔して乗ってたんだよ。途中まで来て、そいつソウルの看板は日本語ばかりですねって言い始めて、それでみんな気づいたの。なんで学校間違えるかね？　どうするんだろう、この先？　でもすごくない？　そいつの高校の修学旅行、ソウルなんだよ。海外」

「なにそれうける」、ごめんね興味ない。

あたしはみんなに励ましてほしかった。根拠なんかなくていいから。

「あのさあ、母ちゃんが見てるお昼のドラマがあるんだ」

「ドラマ？」

「空港で、女が一目惚れした男の携帯を拾うの。で、男から電話がきて、男と女の帰りが同じ日だから空港で待ち合わせて返すことに決まったんだ。……結末、いかがなものかな？」

「引くほどベタじゃん、ベタ」まいちゃんが笑った。

「うちのチャーハンよりベッタベタだね」野々花ちゃんがはしゃぐ。

「ハグしてキスしてハッピーエンドでＭＩＳＩＡ《ミーシャ》がどーん！」唯ちゃんが唄う。

　周りの景色が明るくなって、あたしはその場で跳ねた。

「だよね！　だよね！　だよね！　だよね！」

　野々花ちゃんが、ふいにあたしの手を摑んだ。人差し指と中指の幸運のおまじないが、まだそのままだった。

「ユマちゃん、なんでエンガチョしてるの？」

「エンガチョって、なに？」

「知らないの？　これエンガチョっていって、縁切りの合図だよ」

「縁切り……!?」

あたしは動転して指をほどいた。映画のアメリカ人は、デートに出掛ける女友だちに、間違いなく「グッド・ラック」と叫んでいた。

日米おまじない摩擦。

グッド・ラックか？　エンガチョか？

あたしはホルンのスマホをポケットの上から撫でて、幸せであるようにの念をすり込んだ。

まいちゃんが鳩を蹴散らして羽ばたかせ、羽根や風があたしを襲った。

お寺をいくつか回って、水族館でイワシの群れやクラゲを眺めた。

バスガイドのミッツ・マングローブが、「サザンがよく唄う」ことをくり返し自慢する江の島に着いた。

小さな島の小さな集落にある磯波旅館に泊まる。大浴場ではしゃいだクラスの女子が、岩風呂ふうに積み上げられた溶岩でお尻を切った。晩御飯は生シラス丼をもりもりと。

「この旅館の部屋にはセーフティ・ボックスがないので、貴重品は私に預けてください」

添乗員の普天間夕子さんが案内したので、母ちゃんとじいちゃんからもらった計四万円が入ったお財布を渡した。迷ったけれど、ホルンのスマホは手元に残した。空くんとは明々後日の羽田まで連絡を取り合う必要はない。万が一用事ができても、彼はあたしのｉＰｈｏｎｅにかけてくる。

それでも、そばに置いておきたい。小学生男子が女子のリコーダーを舐めるように、あたしはホルンの吹き口に、そっと口づけた。


翌朝、バスのドリンク・ホルダーにホルンのスマホを置く――っていうか祀《まつ》っていると、左肩をどつかれた。ヘッドホンをした達也が、「ちょっと達也！」というあたしの抗議に気づくことさえなく、奥へと歩いていく。いつも通りの冷え冷えした態度。

あたしは息で、「シネ」と毒づいた。

バスが東京を目指す。東京スカイツリーも浅草寺もどうでもいい、待ちかねているのは明日の自主研修だ。

自主研修は、大学見学や渋谷・原宿ショッピングなど、目的が同じ仲間と隊を組んでの自由行動。あたしは唯ちゃん、まいちゃん、野々花ちゃんとディズニーランドを目指す。『ｄℓ』のジャケ写を撮る。

コピーでかろうじてこなせるのは『幸せであるように』だけ、オリジナル曲は皆無、デビユーの予定などあるわけもないのだけど、ジャケ写。カタチは侮れない。

「からっぽの屁のつもりが、出してみたら便だったたってこともあるじゃないか」と、これはぽんこつだった父もどき②の、なぜか脳裏にこびりついている発言。乱暴だけど、案外そんなものかもしれないって気がする。とにかく、やってみることだ。

いきなり流れ出す、『ムーンライト・セレナーデ』。

うわっと飛び上がって、あたしはホルンのスマホを摑んだ。メールの着信が通知されている。あたしが空くんと約束したのは羽田での返却だけで、連絡係ではない。

それでも、あたしは自分のｉＰｈｏｎｅで『たっちん♂』に電話した。気持ちが躍っている。明後日までおあずけだと諦めていた彼の声を、いま聞ける。

「あ、もしもし。すいません、東北原高校の……三浦です。碓氷さんにかわってもらえますか？」

電話の向こうで、「空！　カノジョからだぞ」という囃《はや》し声が聞こえて、ああ、『たっちん♂』っていい奴だなあとあたしはニマニマした。

「もしもし、碓氷です」

「三浦です」

クラスの子に聞かれないように馬場ではない姓をこしょっと告げて、あたしは説明した。

「碓氷さんにメールが届いたんです。LINEとかなら受け流せるけど、メールってそこそこ用事ありげでしょ？」

「ごめん、わざわざ。そんなのほっといてくれていいのに」

「『クラリネットからのメールを受信しました』、そう出てるよ。いちおう伝えましたからね。以上、専属秘書の三浦でした」

お道化《どけ》て笑った耳に、最前とは違う、空くんの性急な声が飛び込んできた。

「開けてくれる？」

「え」

「メール、開けて読んでもらえる？　０８４０でロック解除できるから」

あっさり暗証番号を告げるので、たじろいだ。昨日はそれを避けたよね？

請われるままにメールを開いて、あたしは読み聞かせた。絵文字がてんこ盛りだったけど、それは省いて。

「ホルン先輩へ。クラリネットより。修学旅行、楽しんでますか？　なんてわざとらしいですよね、こんな前置き。東京と九州。こうして離れた方が募《つの》ることって、あるんですね。ホルン先輩は、前から気づいていたと思います。……じつは」

昨日の朝、飛行機で「じつは」という言葉を連呼した恭平たちを連想した。トランプのジヨーカーのように、「じつは」は事柄をひっくり返す。

「じつは、すっかり見透かされている通り、私はホルン先輩が好きです」

え。

「入部した最初の日から、ホルン先輩だけを見つめていました。明後日、羽田に迎えに行ってもいいですか？　もし迷惑だったら、ハッキリ言ってください。ホルン先輩が部活に帰ってくるまでに、私、ちゃんと普通に戻っています。明後日の夕方、私はどこにいればいいですか？　部室か……羽田空港か」

電話の向こうで、空くんは一言も発しなかった。

あたしが口を開いた。

「碓氷さん。あたしも経験あるなあ、こういうの。ほら、一年だし、恋に恋するっていうの？　相手は誰でもよくて、自分に酔って溺《おぼ》れちゃうのよ。碓氷さん優しそうだけど、こういうことはハッキリ言ってあげた方がいいよ。心配いらない。女子って意外にタフだから」

「悪いんだけど。返事を書いてもらえるかな」

「え」

「簡単だから。『羽田に来てくれ』」

「ハネダニキテクレ？」

内容を汲《く》み取れない。意味が分からない。空くん、たしかに女子はタフだけど、あたしはやわだよ。女子じゃないもん結真実だもん。はたと分かった。『春色濃於酒』という文章は美丈夫だった。『ハネダニキテクレ』は後頭部に打ち下ろされた棍棒《こんぼう》だ。

「羽田に来てくれ。……そう返しちゃって、いいの？」

「うん、頼む。悪いね。明太子、いいのにするから。……よろしくお願いします」

最後は照れを隠すような口跡で、電話が切られた。

あたしはホルンのスマホを操作して、クラリネットに、『羽田に来てくれ』という文を打った。空くんが端整な顔を崩して嬉しそうな様とか、このメールを受け取ったクラリネットの狂喜乱舞を想うと吐きそうだから、なにも感じないように心を麻酔して送信をタップした。

あたしは麻酔が得意だ。大好きだった父もどき①が消えた頃も、父もどき②に尻を撫でられたり摑まれて痛かった折も、あたしはあたしを痺《しび》れさせて、なにも感じずやり過ごした。

「ユマ、いっとく？」

まいちゃんがポテチを差し出したけど、必殺ちょっと体調悪いんだの態《てい》で独りを守る。窓の外を、標識や煙突や細長いビルが飛ぶように過ぎていく。闇雲に腹が立ってきて、あたしは床をガツンと蹴った。

ベタでいこうよ！

野々花ちゃんちのチャーハンよりも、ベッタベッタのベタがいい。

……でも。

ライバルや妨害のない恋物語なんて、あたし、知らない。

出会って結ばれるだけのドラマを眺めるヒマ人はいない。クラリネットは、二人に割って入るお邪魔キャラ。なるほどそういう展開だったのねと強引に希望を抱いたけど、待て。クラリネットにしたら、あたしが障壁だ。

天秤《てんびん》はどちらに傾くのだろう?

止めどなく、絶え間ない手さぐり――。

中を覗いてみたいと願った空くんのスマホは、いまやロックが外れている。動画、画像、メール。探索の誘惑に駆られて伸ばした指を、あたしは折り畳んだ。

「いい子でいますから。約束しますから。だからお願いします……」

願を掛けるように、スマホをドリンク・ホルダーに戻して手を合わせ、小さなホルンを揺らした。

国会議事堂を燃やしてやろうか。

東京スカイツリーを燃やしてやろうか。

雷門を燃やしてやろうか。

普天間夕子さんの旗に導かれてどこに連れて行かれても、あたしは、燃やしてやろうかばかり考えていた。目につくすべてが憎らしい。初めての東京の感想は、燃やしてやろうかに尽きる。

上野駅に近いサンプラザホテル上野広小路が、今夜と明日の宿だ。ツインルームにエキストラベッドを入れた三人部屋に入ると、あたしたちはコンセントにダッシュする。電気は命。スマホや携帯に充電するコンセントを最初に確保する。ホテル中でバトルが展開されているはずだ。

「ユマ、鬼じゃん。空飛んでたし」

ｉＰｈｏｎｅの充電ランプが灯った時、ホルンのスマホがまた鳴った。『ムーンライト・セレナーデ』。

０８４０と打ち込んでロック解除すると、クラリネットからのメールだった。『羽田に来てくれ』と応《こた》えた空くんへの返事。

写メだった。黒板に書いた『Yes! Yes! Yes!』という字を指して自撮りしているクラリネット。

「ブスじゃん」

つい口に出してしまったのは、すごく可愛かったから。上からレンズを向けたり、白っぽいものを顔の下に置いて反射させたりといった自撮りテクを使ってないのに、ＡＫＢの最後尾の左端と言われたら納得できそうな、クラリネットはそういう子だった。

あたしに喧嘩売ってんのかしら。

とは思えども、クラリネットはあたしを知らない。あたしが仲介していることなど想像もしないで、羽田に行きます、『Yes! Yes! Yes!』と表明してるのだ。張り切って。はにかんで。あのね、あたしはわりとイケてるんだよ。ざっくり分別すると可愛いチーム。ただ、クラリネットが漂わせている清楚な雰囲気。触れたら崩れる砂糖菓子みたいな趣き。これが足りない。

父もどき②はサイテーだったけど、何かというと底辺ならではの知恵をつぶやいていて、それは時々、あたしを励ます。

「空気ってのは読むためにあるんじゃない。吸って、吐くためだ」

「しびれて死んでも、フグは肝が美味《うま》いって通人はけっこういるぜ」

「二日酔いの朝の蕎麦ってのは、吐くためだ。食うためじゃなくて、出すためなんだ」

「真面目に働くより真面目に遊ぶ方が難儀なんだ。誰も褒めないからな」

「結真実。折れちゃいそうになったら、とにかくこう怒鳴るんだ。ロックン・ロール！」

いくつかは、いまだに意味が不明だけど。


その夜の、ホテルの一階。

レストランと自称する食堂で、あたしはベチャベチャしたトンカツや薄い味噌汁やしなびたキャベツをお腹《なか》に押し詰める。

「ハッピー・バースデイ！」

恭平のふっくらした声とともに、クラッカーがパンパン鳴った。

ああ、そうだったのか。

二組の彼らは今夜のためにクラッカーを持ち込んで、青森空港で飛行機を行ったり来たりさせた。「ハッピ・ハッピ・ハッピー・バースデイ！」という唯ちゃんの歌声も混じってる。新しいクラッカーはこの周辺の店で調達したのだろう。誰の誕生日かさえ、あたしは興味ない。

猛然と食らう。白米を口から溢れるほどに頬張る。

先生たちに見つからないように、野々花ちゃんがテーブルの間を這って近づいてきた。

「ユマ。後で脱出しない？」

「なに、それ？」

「さっき唯ちゃんと見つけたんだよ。このホテルの地下に、きっと十年ぐらい使ってない宴会場があるの。ステージがあって、蜘蛛《くも》の巣張ってるけどギターもドラムもあった。ひどい音だけどマイクも活きてる。やるっきゃないでしょう……『dℓ』、修学旅行ギグ」

「いいけど……明日にしない？」

口実を探す。

「ほら、修学旅行の最後の夜に」

「だね！」

野々花ちゃんは何回も頷いて、まいちゃんがいるテーブルに向かってずりずりと進んで行った。

消灯時間前のホテルの廊下をヒラヒラ行き交うのは攻めてる系の女子ばかりで、男子の多くは、わざわざ家から持ってきた大きなゲーム機を部屋のテレビに繋いで対戦に興じている。大人たちは草食男子を深刻ぶるけど、彼らが欲望を剝《む》き出しにして連チャンでレイプしたら拍手するのかしら？「ほどほどの感じでがっつけ」ってこと？ あたしたちの衝動って、そいふに都合が良くはない。

ベッドで毛布に潜り込んだあたしは、『たっちん♂』に電話して空くんを呼び出してもらった。

「もしもし、三浦さん？」

「あのね、クラリネットからメールが来たの。写真を送ってきた」

「写真？……どんな？」

「黒板の前で笑ってる。……これ、どうしよう？　『たっちん♂』って人の携帯に転送しようか？」

「……それは……うん、いいや。……それは、送らなくていいから」

空くんは『たっちん♂』に隠そうとしている。隠したいものって、恥か宝だ。

あたしはすごくすごく努力して、普段通りに喋った。

「返事、どうしますか？　碓氷さんの写真はないから、あたしの送ろうか。クラリネット、ひっくり返るよね」

「たしかにね」

空くんは笑った後、勘弁してほしいほど親身な声を聞かせてくれた。

「ごめんね、迷惑かけて。僕が彼女に電話してスマホを落としたことを説明すれば、三浦さんを手間取らせなくてすむ。でもそうすると彼女、告《こく》ったメールや写真を人に見られたことを知っちゃう。それは可哀想だよね」

うわあ……。

「だから三浦さん。あと少しだけ我慢してください。分かるでしょ？　同じ女の子だから」

分かるから、きついんだ。

「その、ホルン」

ポカンとしたけど、ストラップについている小さなホルンのことだと、すぐに気づいた。

「それ、石川《いしかわ》――クラリネットにもらったんだ。誕生日に」

はにかんだ笑い声が、あたしの頭の中を白くする。学芸会のように棒読みの台詞が、自動的に流れ出した。

「うまくいくよ。あたし、碓氷さんの応援団だよ。祈ってるんだよ……幸せであるようにって」

結局、空くんは笑い顔の絵文字だけをクラリネットに返信してほしいと告げ、あたしはその通りにして、スマホを放り出して目を瞑《つぶ》った。

悩みがあると眠れないって、嘘だよね？

混乱すると、あたしはストンと落ちる。煩っても仕方ないことからは逃げるに限る。「結真実は赤ちゃんの時分からそうだった」って母ちゃんが笑ってた。結婚式とかお葬式とか、大人がいっぱいいる場所に連れて行くと、泣くかわりに寝たという。

鎧《よろい》。

無意識に心をシールドする。

痛くなければ、それは、ぶたれてないのと同じだもの。

自主研修の東京ディズニーランドは、ほとんどなにも覚えていない。

ハイテンションのまいちゃんや唯ちゃんや野々花ちゃんが、どうして騒いでいるかもハッキリしない。行列に並んでふらふらしたり、アトラクションでくらくらしたり、なにもかもが現実から遠かった。

あたしは指揮者じゃない。なにが悲しくてホルンとクラリネットの合奏を導き、盛り上げるのか。

あたしだって奏でたい。

あたしは人差し指をゆっくりと滑らせた。嘔吐《おうと》する際と同じように、悪意を吐き出すのは苦しくて気持ちがいい。

ホルンのスマホの上で指を踊らせた。クラリネットへのメール。空くんのふりをして。

『好きな人がいる。きみとは付き合えない。ホルン。』

送信した。ザマミロ。

「……え」

あたしは慌てふためいて飛び上がる。なにやってるの、あたし？　なにしちゃったの⁉　両手をぶんぶん振り回した。いま発した電波をかき消そうと。飛び出したものを引き戻そうと。

待って！　それは間違い、ちょっと待ってよ！

『好きな人がいる。きみとは付き合えない。ホルン』のメールは取り消せない。シンデレラ城の前でじたばたするあたしを、ふざけていると勘違いした野々花ちゃんたちが笑い囃して写真に撮った。何枚も。やめてくれよと、あたしは心の中で喚《わめ》く。

こういうあたしを記録しないで。

クラリネットから咎《とが》める、あるいは尋ねるメールか電話が来るかもしれない。ひどい形相《ぎょうそう》をしたあたしに、ほらお前のツラをよく見ろよと手鏡を突きつけるように。だからホルンのスマホの電源を切った。

『ムーンライト・セレナーデ』は一生聞きたくない。あたしは心を麻酔して、ありったけの注射で麻痺《まひ》させて、それで、どうにか息をしている。

その夜のホテルはざわめいていた。ロビーに宅配便の業者さんが来て受付を始めた。おかげでみんなは、手ぶらに近い身軽さで帰路につける。

混乱は、荷造りや荷運びだけではなかった。生徒の誰かが自主研修から戻ってないとか駆け落ちしたなんて噂が飛び交って、怠け者の廣田センセイさえ小走りをしてた。大西教頭のほっぺたはＣＧかってほどヒクヒクしてたし、いつも本を読んで集団から距離を取っている保健の波雫朝《なみしずくあさ》先生も深刻顔で電話をしている。添乗員の雨宮さんや普天間夕子さんは、ホテルを出たり入ったりフロントで話し込んだり、とにかく大人は狼狽《うろた》えていた。

おかげで脱出は容易だった。

まいちゃんの部屋で待ち合わせた『dℓ』はロビーの混雑を抜け、地下に降りて、昨夜野々花ちゃんと唯ちゃんが見つけた宴会場に忍び込んだ。

大きな丸テーブルや椅子が転がっている。錆《さ》びたり朽ちかけたりしているけれど、楽器もマイクもちゃんとある。

「ねえ。ここお化け出そうじゃない？」

まいちゃんがビビったけど、あたしはもう退けない。膝ほどの高さのステージに、床を軋《きし》ませながら立つ。

唄いたい。

違う。

唄わないではいられない。

あたしが埃《ほこり》だらけのマイクを握った時、野々花ちゃんがチッチチッとドラムを叩いた。

　幸せであるように心で祈ってる
　幸せであるように心で祈ってる
　別れはつらくて　それでも愛しあって
　涙がかれたら疲れて眠ろう
　君の涙を　涙を　お皿に集めて
　全部飲みほしたら　すべて許されるかも

この詞に惹かれたのは、よく分からないからだった。理解不能だから背伸びをした。
目下は違う。意味など知らないまま、あたしはすべてを感じている。

　みんなは　みんなは　涙をながすのに
　なぜ愛し合ってるのかな
　ママも死んで　子供も生まれて
　君と別れ　君とめぐりあって

キスして　キスして　抱き合って　ささやいて
愛をわかちあって　それだけでいいのに

大事で、あんまり大事で、壊れることを想像すると死んじゃいそうだから、いっそ自分で打ち砕いてしまう。

もっと鈍感なら、もっと軽薄なら、なによりなにも求めなければ、それでよかった。

金持ちの子が金持ちなのは日常で、成功ではない。貧しくないとリッチになれない。汚くないときれいになれない。星はいつでもそこにあるのに、暗い夜しか目に映らない。不幸な人しか幸せに気づかない。幸せの前提は、救いようのない不幸せだった。

幸せであるように心で祈ってる
幸せであるように心で祈ってる

いつしか、あたしは泣いていた。

悲しい人にしか唄えず、哀れな人にしか沁みない歌を、あたしはあたしにいっぱい聴かせた。

幸せであるように祈りつづけた。

誰の幸せ？

空くん。

クラリネット。

あたし。

まいちゃん、野々花ちゃん、唯ちゃん、廣田センセイ、大西教頭、ヘッドホンの達也、おっさんみたいな恭平、普天間夕子さん、母ちゃん、父もどき③、みんな、みんなに決まってる。ひとり残らず幸せがいい。誰も病まず、死なず、泣かないのがいい。

そのためになら、あたしは全部の爪が剝がれるまで手さぐってやる。

あたしは喉が嗄《か》れても、同じ歌を叫びつづけた。


次の日もいくつかの場所を回ったけれど、あたしはなにも見ていなかった。お台場でお土産を買った。どうにも選べないので、まいちゃんたちと同じものをレジに運んだ。

あたりが薄暗くなると、ビルの明かりが際立ってくる。

「みなさん、三泊四日、お疲れさまでした。修学旅行はいかがでしたか？　超楽しかった？　あら、疲れちゃった？　ホームシックの人、手を挙げて。さすがにいないわよね、みなさん高校生ですからね」

ミッツ・マングローブの挨拶を聞きながら、羽田空港のターミナルを仰いだ。空くんのスマホを手に入れたのが三日前だなんて信じられない。あたしはとても長い時間、世界のありとあらゆる場所を旅していたように感じる。

五時二十五分。

ロビーであのコンビニを探し当てて、あたしは扉の前に来た。緊張で立ったまま寝そうだった。繭《まゆ》の中に逃げ込みたかった。

空くんに会ったらなにを話すか、考えていなかった。昨日も今日も、そこを思案しようとすると頭に霞《かすみ》がかかる。

「あ。三浦さん？」

最初は気づかなかった。

「三浦さんでしょう？」

ひっと、竦《すく》んだ。あたしを三浦と呼ぶのは空くんだけだ。

いつの間にかそばに来ていた彼は、あたしの手にあるホルンのスマホに気づいて、だから声をかけてきた。首をゆっくり横に向けると、笑顔の空くんがあたしを見下ろしている。

「ハグしてキスしてハッピーエンドでＭＩＳＩＡがどーん！」

なんて唯ちゃんは言ったけど、実際はこうだ。ツルツルした空くんは紳士的な距離を取り、あたしは裁判の判決を待つ殺人犯のように項垂《うなだ》れている。父もどき②が酔っ払うと放吟していた変な歌が蘇《よみがえ》る。

♪こんな女に誰がした……

「よかったよ。ちゃんと会えて」

空くんは、「あの、これ」と照れ臭そうにしながら、あたしに明太子の包みを渡した。

あたしは、「あ、では」と、ホルンのスマホを差し出した。

空くんがかすかに笑う。えくぼができるんだなと知って、あたしは嬉しくて、嬉しいほどに苦しくなる。

「三浦さんが拾ってくれて、助かった。写真とか友だちの連絡先とか、みんなこの中だし。ありがとうね」

「あたし……最低なことをしました」

自分でも戸惑うほど、言葉がスルリと出た。

「してはいけないことを、しました」

キョトンとしている空くんから視線を外して、あたしは告白した。

「あのね。誰かを傷つけるなんて考えもしないで、つい、思わず。あたしはひどいことをしました。……じつはね」

ああ、そうか。

気がついた。「じつは」とクラッカーを申告した子たちをコントだと嘲《あざけ》っていたけれど、

「じつは」を述べるには勇気がいる。恭平や唯ちゃんたちは真実は、ごっつい勇者だった。

「じつは、嘘をつきました。あたし……あたし……三浦じゃなくて、馬場なんです」

そこじゃない！

呆気《あっけ》に取られている空くんに、捏造《ねつぞう》したメールをクラリネットに送ったことをどう白状しようかとじたばたしていて、あたしは「え」と、目を疑った。

送って寄越した写真と同じ顔。

空くんもあたしの視線をたどって、近くに立っている女の子に気づいた。

「石川……！」

そうして、息がかかるほどあたしの耳に口を寄せて囁いた。

「クラリネット」

彼女は、来たんだ――。

『好きな人がいる。きみとは付き合えない。ホルン。』

不意打ちで暴力のようなメールを送りつけられて、泣いて混乱して壁を蹴っただろう。

それでも、来たんだ——。

会えばもっと傷つけられるかもしれないことを覚悟しながら。だから空くんが片手を上げても、クラリネットは微笑《ほほえ》みさえしない。表情だけでなく全身を強《こわ》ばらせている。

彼女は、とっても脅えてる。

そうであっても、ここに来た——。

空くんが、あたしにひょいと頭を下げた。

「じゃあ三浦さん。ありがとう。いろいろ」

あたしの前から立ち去った。

クラリネットに喋りかけて、二人は肩を並べて雑踏に紛れていく。空くんはやっぱり、『春色濃於酒』より姿がいい。

少し会話をすれば残酷なメールを何者が送ったかは判明するし、あたしがなぜそんな真似をしたのかもバレる。空くんには謎でも、彼女は気づく。ホルンとクラリネットは、やがてきれいに音を絡め始める。

あたし、カッコ悪いなあ。

泣くでも嘆くでもなく、そう感じていた。

呆れられ、蔑《さげす》まれる機会さえ摑みそこねたまま、明太子を持って立ち尽くしている。

一から十までぶざまだった。

飛行機がゴトゴトと動き始めた。

まいちゃんの向こうの窓から見える日暮れの空港は、地面に星を撒《ま》いたように青や緑のランプを瞬《またた》かせている。

「ご搭乗のみなさまに、コックピットから機長の浜田山がご案内します」

放送が流れてきた。

「羽田空港混雑のため、当機、しばし離陸を待つことになりそうです。この間に、私事《わたくしごと》のご報告とお礼を述べさせていただきたいと存じます。この青森行き1209便が、私、浜田山のラスト・フライトとなります。本日、定年退職を迎えます」

機長はそれから長々と喋った。「白状しますが」とか「私は恐い」とか「気温はマイナス六十度」とかなんだかんだ話していたけど、あたしは聞いていなかった。CAさんの真似をしていた。

「飛行機から脱出した後、この紐を引くと救命具に空気が入ります。膨らみが足りない場合は、このチューブから息を吹き込んでください。このチューブです」

丸のままの明太子をくわえて見せると、まいちゃんと唯ちゃんと野々花ちゃんは花が咲いたように笑った。

「このチューブです。どうか。どうかひとつ」

野々花ちゃんにも強引に一本くわえさせて、『dℓ』が華やいだ。

「ないから！」

「もう寝かしてよ！」

「タフだなあ、ユマは」

廣田センセイや達也がうるさそうに睨《にら》むけど、関係ない。

笑おう、笑え、笑うんだ。

そうじゃないと泣いちゃうし、自分を嫌いになってしまう。

それにしても。

四日間で、あたしは大勢のあたしに会った。いじらしかったり最低だったり、舞い上がったりすっ転んだり、あたしはこんなにたくさんいたんだ。

笑って、生きて、旅をする。

コピー曲はもうやめて、そういう歌を創ろうと、あたしは決めた。笑って生きて旅をする。

そんな詞を書いて、大きな声で唄うんだ。

もっといろんなあたしに会いたい。

あたしの知らないあたしを見たい。

その中には、現在よりちょっとはイケてるあたしだっているかもしれない。

……いるよね、きっと？

離陸するのだろう。飛行機が容赦のない加速を始めた。

あたしは記憶から抜け落ちてしまったディズニーランドのアトラクションを取り返すように、手足をバタバタさせて叫んだ。

飛び立ちながら、あたしは叫びつづけていた。

第2章　娯楽の電動

できない。

「タイムスリップしたのかと思った」

初めてうちの前を通る人が、よくこう漏らす。『ゴッドファーザー』と『アパートの鍵貸します』の二本立てを掲げている映画館など、たしかにタイムトラベルでもしない限り目にできない。

フェリー埠頭の近くにちんまりと建つ映画館。ほぼ九十年前の一九二七年、つまり昭和二年に曽祖父《ひいじい》さんがオープンさせた。僕、柴恭平の『恭』という字は映画館の名前、『キネマ恭悦《きょうえつ》』から取ったらしい。

昭和のある時期、映画興行はお金を数えるのが億劫になるほど儲かった。二百七十の座席がいっぱいになるどころか壁際や通路に立ち見が溢れ、それでも入れない客はロビーから、端っこしか見えないスクリーンを凝視していたという。

曽祖父さんはこの時期に浮かれて放蕩することなく、劇場の裏に分相応な家を建て、市内の優良な不動産を手に入れた。おかげで現今の我が家の収入はすべて賃料だそうだ。赤字を垂れ流すばかりのキネマ恭悦は、映画好きの父が趣味で継続している。

館内にエアコンはない。青森の夏は短いから、暑気は数台の扇風機でしのぐ。冬は大きな灯油ストーブ四台を使うが、気休めにしかならず、客はオーバーを脱がない。寒くて歯の根が合わない場合はロビーから電話すると、お向かいの中華屋が三百八十円のラーメンを客席まで出前してくれる。

『アパートの鍵貸します』の哀愁に満ちたシーンにラーメンをすする音が響き、禁煙を無視した客がくゆらすタバコの煙が映写機の光の中で渦を巻く。キネマ恭悦は近所の中高年の、心安い休憩所として機能している。

ベニヤ板で閉じて登れなくした二階は、かつては畳を敷いた桟敷席だった。いくらか支払って火鉢を借り、手をあぶり、酒を舐めながら写真《えいが》を愉しんだそうだ。

「映画館の息子なら、さぞ映画が好きなんだろうね」

必ずこう推測されるけど、寿司屋が三食寿司を摂るだろうか？　葬儀屋の倅《せがれ》は葬儀が好きなのか？　決めつけないでもらいたい。

僕は映画が嫌いだ。

っていうか、映画に負けたくない。

たいていの映画は、善や美や正義を描く。でも僕たちは、それらをスクリーンではなく現実で見るべきだ。

銀幕の厚い友情に涙するよりも、実際の友人になにをしてあげられるかが重要だ。叶えたい理想を泡沫《うたかた》で埋め合わせてはいけない。もしそうするなら、2ちゃんねるやツイッターと変わらない。不正義への悪罵《あくば》や気高い行為への憧憬《しょうけい》を、フィルムやネットで代償させるのは違う。映画を捨てよ町へ出よう。

僕はいつも誰かのために、正しい行いをしようと心掛けている。それがたまに、いやまあたいてい裏目に出て、「たいした、たまげた」ってことになる。

顕著な例が、キネマ恭悦のホームページだ。劇場の赤字を少しでも減らそうと、僕は夏休みに不慣れなパソコンにかじりついた。スッキリと見やすいページが完成したと自負したが、画竜点睛《がりょうてんせい》を欠いた。

『娯楽の殿堂キネマ恭悦』と標題に書いたのに、誤変換で、『娯楽の電動』になってしまった。「お前んとこは大人のおもちゃ屋か」「電動か。道理で母ちゃんと仲いいわけだ」「お楽しみは電動に限るよなあ、いひひひ」と散々からかわれて四角四面な父は激昂し、ホームページは修正する機会さえ与えられず、二日で削除する羽目になった。

それでも僕は信じている。人は絵空事ではなく、いまそこで愛を実践すべきだと。

雲ひとつなく晴れた朝、清浄な気分でＪＡＬ１２００便に搭乗した僕は、鎌倉、東京修学旅行に赴く二年二組の仲間たちをデジカメで何枚も撮った。担任の香織先生も、なるたけ入れ込んで。スマホは進化したけど、カメラにはかなわない。写真は後日ＣＤでみんなに配って、三泊四日の思い出を鮮やかにする。

「ＣＡさん！　とりあえずビール」

僕の冗談が周囲を和らげる。肥えていると笑いを取りやすい。

三組の矢吹勝利《やぶきかつとし》くんが風邪で参加できなかったことだけが恨めしい。

残念ではあるけれど……心から残念なんだけど……少しホッとしている。

そのわけは、勝利くんには、口が裂けても言えない――。

飛行機がゆっくり動き出した時のこと。僕の数列後方で、三組の結真実たちとはしゃいでいた唯が、いわゆるお見合い席に掛けたＣＡさんに、切羽詰まった声をかけた。

「じつは……あたし……。知らなかったんです、すいません！」

なにごとかと怯《ひる》んだけど、理由を知って当惑した。

彼女は機内誌に、『花火、弾薬、クラッカーなどの火薬類』は危険物という表記を見つけ、恐怖に駆られたのだという。

唯が香織先生や大西教頭に釈明する声が切れ切れに流れてくる。

「恭平くんが東京で、サプライズの誕生パーティーをしようって。だからあたし、クラッカーを。危ないなんて知らなかったし」

そう。クラッカーを持ってきてほしいと数人に頼んだのは、ほかならぬ僕だ。旅行中に誕生日を迎える級友がいる。不意打ちのお祝いは、どれほど彼女を嬉しがらせるだろう？　その女生徒は特異な境遇にあり、みんなに祝ってもらうことが、きっと大きな救いになる。

それなのに。

クラッカーが……危険物？　納得いかない。

しかし現実に飛行機はＵターンしてターミナルビルに戻り、ＣＡさんが扉を開け、三本のクラッカーを地上職員に渡している。

クラッカーに、いったいどういう危険が？

背中をたらたらと汗が流れる。僕だけではない。僕たちはクラッカーを持っている。

唐突に、クラスの女子三人がＣＡさんに挙手をした。クラッカーの用意を頼んだ子たちだ。

この機を逃してはいけない。僕もバネ仕掛けの人形のように手を挙げ、さらに数人が後を追った。

「じつは」

「じつは！」

「……じつは」

「じつはっ」

「じつを申しますと」（僕の声は裏返っていた）

「──じつは」

「じつは！」

「じつは!!」

　ぷぷっと噴き出す気配がして振り向いたら、三組の結真実たちが前の背もたれを叩いて笑っている。習字の県大会で金賞を獲り、学園祭ではガールズ・バンドを披露するらしい結真実を、僕は涙目で睨んだ。あどけない顔立ちなのに身体がむっちりしている彼女を深夜の妄想にちょいちょい呼び出すことは、棚に上げて。

　僕は周囲を、なによりも自身を立ち直らせるために、得意の蘊蓄《うんちく》を振りまいた。

「最高の旅立ちだよね。だって知ってる？　トラベルの語源はトラブルなんだよ。つまり、これこそが旅なんだ」

　東京は三回目だけど、青森から来ると、いつも羽田空港の人の多さに気後れする。ぶつかるし、ぶつかられるし、間違った方向に流されそうで不安になる。六月はシーズンなのか、他校の修学旅行生も多い。

「よっこい庄一」

そうつぶやきながら乗り込んだ観光バスの座席から、僕は風邪で倒れている勝利くんにLINEを送った。

『調子、どう？　東京、人だらけ。すでに疲れてる（笑）』

あまり楽しそうに想われないようにという気働き。メッセージはしばらく待っても既読にならない。薬を飲んで眠っているのだろう。

鎌倉を目指すバスが川崎あたりの工場街に差しかかった頃、一列前の席にひとりで座っている男子生徒が気になり始めた。

……誰？

窺おうとしたが、彼は窓にぴったりくっついていて顔が分からない。二組の男子をひとりひとり浮かべてみるが、雰囲気の合う者が思い当たらない。

誰？

視線を感じたのか、彼がおもむろに振り返った。やはり初めての顔だ。レンズの汚れた銀縁メガネ。気の弱そうな彼ははにかんだ笑みを浮かべ、こもった声でこう述べた。

「どうもね……ソウルも、日本語だらけだね」

「……ソウル？」

「グアムと同じだよね、日本語の看板ばかりで。外国って感じがしない」

「外国……？」

　僕ははたと、信じがたいことに気がついた。

「きみって、どこの高校？」

「どこって。みんなと同じ函館学園さ」

「あのね、僕たちはアオッパラ。青森県立青森東北原高校。よく見なよ。きみだけ制服、微妙に違うよ」

「へ」

「ほら校章も違う」

「わ」

「ここ、ソウルじゃなくて東京だから」

「ひ」

　彼が手にしているのは、『韓国修学旅行のしおり』だ。羽田で違う人波に飲まれやしないかと焦燥したが、本当に紛れてしまう者がいるとは考えもしなかった。

顎が外れそうなほど驚嘆し、紙のような顔色になった彼は、僕に何遍も促されて、ようやく名乗った。

「ボクは函館学園二年B組の、大場《おおば》健一郎《けんいちろう》です」

そこからは目まぐるしかった。

僕から事情を聞かされた香織先生は青ざめて電話をかけ、四台のバスは急きょ、予定になかったパーキング・エリアに駐車した。

僕と健一郎くんと香織先生がバスを降り、そこに大西教頭ら先生たちが駆けつけて来た。もっとも、いつもやる気の窺えない廣田センセイだけは、欠伸をしながらちんたら歩いて来た。

香織先生がみんなに説明した。

「彼、大場健一郎くんは私立函館学園の生徒さんです。羽田でソウル便に乗り継ぐはずが、なぜかうちのバスに」

大西教頭が、頬をヒクヒクさせながら健一郎くんに詰め寄った。

「この景色のどこがソウルなの？　道路標識ハングルですか？　ヒュンダイ走ってないでしょう？……だいたい、どうやったら学校を間違えられるんですか？　先生とかクラスの仲間、全員違うでしょう」

香織先生が、健一郎くんから聞き出した理由を語った。

「大場くんは引きこもりで、入学以来ずっと不登校だったそうなんです。修学旅行が学校に行くチャンスだ、これを逃したら中退するしかないって、勇気を出して参加したそうです」

廣田センセイが不謹慎にも噴き出した。

「そりゃ、なるほどだ。クラスメイトを誰も知らなかったわけだな」

大西教頭は廣田センセイを睨み、怒りに駆られて失言を漏らした。

「ずっと引きこもってくれればよかったのに」

健一郎くんから借りた『韓国修学旅行のしおり』をめくっていた可愛らしい添乗員さんが、遠慮がちに口を挟んだ。

「手荷物を預けなかったのも、発覚を妨げた原因でしょう。予定表によると、この時間、函館学園さんはソウル行きの機内です。どうしますか？」

「鎌倉に向かいましょう」

一組担任の中島升美先生が発した。

「ここでボーッとしてても時間の浪費です。当校は大場くんを伴って修学旅行を予定通り進行し、函館学園がソウルに到着した時間に担任教師に電話してご相談する。それでよろしいのでは？」

誰も異議を唱えない。升美先生の仕切りは、いつもこんな調子だ。

進路指導を受け持つ彼女は、だから時に評判が悪い。身の丈を超えた大学とか、声優など夢追い系の将来を相談する生徒に、「無理」と断言する。毅然《きぜん》と打ち消す。たしかにそうだろう。でも万に一つ、億に一つの芽を瞬殺するのはどうだろう?

「では、そういう段取りにしましょう。函館学園の担任への連絡は、教頭であるワタシが行います。香織先生、こういう成り行きなので、大場くんは二組で預かってください。そうだ……ワタシも二組のバスに乗ります」

大西教頭の指示に香織先生が頷き、大人たちはそれぞれのバスに散らばって行った。

僕は健一郎くんを連れて二号車に戻ろうとしたが、健一郎くんは地面を見つめている。

「どうしたの?」

「先生やクラスのみんなは、ボクがいなくなったことに気づかないでソウルに向かった。誰ひとり、気がつかなかったんだ」

「仕方ないよ、それは。ずっといなかったんだから、いないのに気づく方が変でしょう」

「ツイッターで告発してやる」

「いたのがいないのならともかく、いないのがいないのはいつも通りってことじゃないか。……さあ、おいでよ」

健一郎くんの腕を引いてバスに乗ると、僕はバスガイドさんのマイクを拝借した。

「二組のみなさん。中国土産をくだチャイナ」

想定通りの失笑を浴びながら、僕は紹介に移った。

「こちらは私立函館学園の大場健一郎くんです。事情はなんとなく噂で伝わってるでしょうが、とにかくしばらく、二組と行動をともにします」

健一郎くんにマイクを渡そうと考えたが、彼は三十六人の注視を浴びて棒のようになっている。勝手に締めることにした。

「そういうことで、よろしくお願いします！」

面白がって拍手するのもいれば、無関心を装う子もいる。函館学園は偏差値、授業料とも北海道でトップの超エリート校だから、妬《ねた》みを抱いている者もいるだろう。

睡眠を妨げられたハルミ姉さんこと榎《えのき》ハルミが、露骨な舌打ちをしてこちらを睨めた。突き刺さってくる不快に気づかないふりをして、僕は姉さんに微笑を向けた。

ちゃんと、知っていますよ。

バリアーを張り、常に周囲と馴染《なじ》むことのない彼女が、すぐに誕生日を迎えることを。

今日まで、仏頂面以外の彼女を見た者はいない。でも、明日は違う。小動物系の目鼻立ちだから、口角を上げれば、姉さんはどこかのアイドルに似ているはずだ。

鶴岡八幡宮を観光しながら、健一郎くんは延々と愚痴りつづけていた。

「どうして誰も気づいてくれなかったんだろう」「そりゃ不登校だったけど、先生ぐらい気を配ってくれたって」「無視っていうのは、悪意より残酷だね」「ボクはファースト・クラスを用意されたって、ソウルになんか行かないぞ」「やっぱりツイッターで告発する」

大本の原因である不登校の事情を質《ただ》す気はないけれど、習い性の責任転嫁が彼を閉じこもらせていたように思えてならない。

新江ノ島水族館に着いた折、大西教頭とソウルの担任、さらに担任と健一郎くんのお母さんとの電話相談がなされた。

健一郎くんをひとりで函館に帰すのもソウルに行かせるのも無謀だ。なにより本人がおめおめ帰宅できない、合流したくないと頑《かたく》なだ。函館学園の修学旅行は四泊五日だが、アオッパラは三泊四日。我が校が帰る際に健一郎くんを羽田発函館行きの便に乗せ、お母さんが空港で待ち受けることに決まった。

添乗員さんが親切そうな笑みを見せた。

「普天間夕子といいます。よろしくね」

先生たちも、「こうなったら仲良くやろうよ」と健一郎くんの気持ちを上げようと努めた

が、彼は空気の読めない性格らしく、

「そうですね。四日間公立の生徒になってみるのも、社会勉強になるかもしれません」

と放言して、みんなを鼻白ませた。

『他校のコミュ障が乱入。なんか変な修学旅行だよ』

という文を、ＬＩＮＥで勝利くんに送った。羽田からのメッセージは既読になっていたが、返信はないままだ。熱が高いのだろうか。

昨夜遅く勝利くんは、

「俺、修学旅行、行けそうもねえわ」

ひどい声で電話してきた。

僕はいつだって、勝利くんを案じているんだ。


水族館の階段を降りると、圧倒された。

相模湾大水槽と表示された巨大な水槽の中で、すぐ前の海に棲息する魚たちが群れ泳いでいる。エイやサメやウミガメよりも圧巻なのはイワシの群れだ。川のように流れ、弧を描き、やがて渦巻く。数千、数万の体が銀を煌《きら》めかせ、星雲さながらだ。

「すごいね、これは。群れそのものが大きな生き物みたいだ」

僕から離れない健一郎くんに語りかけたけど、返事がない。健一郎くんは水槽ではなく、いま降りて来た階段を見上げている。メガネの奥の目が真剣だ。

そこには、水槽を上から眺めるハルミ姉さんの、いつもながらの無愛想な顔があった。姉さんがこちらを向くと、健一郎くんはあたふたと視線を逸らし、もっともらしい表情を取り繕って大水槽を見る。

ハルミ姉さんが左手の薬指に嵌《は》めていた指輪を外した。そしてそれを、

「え?」

ポチャリと、水槽に投げ入れた。

「わ」

健一郎くんはそう口走って、沈んできたシルバーの指輪と階上の姉さんを何度も見比べた。健一郎くんは、落としたのではなく落ちたのだと勘違いして、恐らく職員を探しているのだろう、辺りを見回す。

気怠《けだる》そうな風情で姉さんが降りて来た。健一郎くんが近寄り、上ずった声で述べた。

「すぐ水族館の人を呼ぶよ。あの落とし物、なんとか拾ってもらおう」

「いいんだ、もう。……あれは」

ハルミ姉さんがだらしなく笑い、健一郎くんの緊張を面白がるように距離を詰めた。

「ここ、二回目なんだ」

「……二回目？」

「あたし停学くらってダブったから、二度目の二年生。修学旅行も、二回目なの」

だから級友たちは、ひとつ年上の彼女とどう接していいのか戸惑い、姉さんはいつも独りでいる。

姉さんは背伸びをして、鼻と鼻がくっつきそうなほど健一郎くんに寄った。

「なんで停学になったか分かる？」

「ぼ、ぼ、ボクにはどうにも――」

「援助交際」

健一郎くんがぐびりと喉仏を上下させる音が、離れていても聞こえた。

「エンコー。スケベなおっさんたちからお金もらって、好きにさせたんだよ、あたしを丸ごと。あたしも、すごく気持ちよかったしね」

能面のような健一郎くんの鼻を、姉さんはいきなり指で弾いた。

「嘘だよ！　体育館の裏でタバコ吸ってるのを見つかったの。……きみ、興奮してるでしょ」

「し、してません」

「たしかめようか」

白い右手をひらめかせてなにかを握る仕草をしたので、健一郎くんはさらにどもった。

「そ、そ、それは」

「たしかめさせてよ」

「こ、こ、こ、ここでは」

姉さんは可笑しそうに喉を鳴らし、健一郎くんの前髪を引っ張った。

「あたしもね、きみと同じ透明人間なんだ」

「へ？」

「ひとりだけ年上だから、クラスの誰も話しかけてこない。いつもいるのに、いつでもいない。ねえ、きみ……ちっちゃいことでヘコんじゃ、いかんよ」

ふわふわと、立ち去って行く。ふらふらと、健一郎くんは見送っている。あまりに分かりやすい眼差しで姉さんの背中を追っている。

ハルミ姉さんが健一郎くんを励ました。予想外のことが、にわかには信じられなかった。

水槽の底の砂地に転がる指輪を目にした。健一郎くんは落とし物だと勘違いしたけど、僕は姉さんが捨てるのを目撃した。あの行動は、どういう映画のどんなシーンだったのだろう？

脳内のキネマ恭悦のスクリーンは真っ白で、僕には像が結べない。

最初の夜を過ごす江の島の磯波旅館で、健一郎くんはいきなりスターになった。クラスの男子が持参したゲーム機を宿のテレビに繋いで、対戦が始まった。引きこもってゲームばかりをしてきた健一郎くんは、シューティング、レース、格闘とジャンルを問わずぶっちぎりで、みにくいアヒルの子が白鳥になって空を駆ける勢いだった。

すごいすごいと持ち上げられて鼻の穴を膨らませた健一郎くんは、

「愉快なもんだね。公立っていうのも」

そう吐いて、できかけた友だちの数人を失った。

班長会議の時間になったので、二十四班、すなわち二組四班の班長である僕は、ひとりで玄関広間へ急いだ。二十名ほどの班長は先生たちの前にすでに集合して、学年主任の香織先生がホワイトボードに予定の変更を記していた。

「飛行機の遅れは止むなしだけど、今日の課題は行動の遅れです。明日は集合と朝食を十五分早めたので、みんなに伝えてくださいね」

僕らは一斉に写メを撮り、それを班員のＬＩＮＥグループにアップする。伝達、完了。

ＬＩＮＥを開いたついでにチェックすると、いくつか送った勝利くんへのメッセージはどれも既読になっていたが、返事は皆無だ。胸の奥に米粒のような懸念が芽生える。

妙に歯が白い雨宮さんという男性添乗員が東京見学の注意を喋り始めた時、廣田センセイが、

「あれ？――勝利⁉」

素《す》っ頓狂《とんきよう》な声を上げた。

玄関を見ると、荷物を抱えた勝利くんが息を弾ませながら入って来るところだった。廣田センセイに敬礼のような仕草を送る。

「ちす」

「ちすじゃないよ、勝利。風邪じゃないのか？　ひとりで来たのか？」

「医者と親、行っていいって。今朝はもう平熱だったし」

勝利くんは僕を認めて、悪戯《いたずら》っぽい三日月の目をした。

以心伝心。彼はいきなり登場して驚かせたくて、それでＬＩＮＥを返さなかった。いまは違うクラスだけど、中学から一緒だった。勝利くんのことなら、僕はなんでも分かる。

「いちおう検温だけしとこう」

保健の波雫先生が、勝利くんを奥に導く。ついて行きながら、勝利くんは廣田センセイに告げた。僕に聞かせるような声で。

「明後日の自主研修は、マジはずせないんスよ。明後日のために、俺は来たんだ」

勝利くんの声はよく通る。あの声で、「恭平！」と呼ばれると気合が入る。僕は勝利くんの復活を喜び、高ぶり、上気しながら、同時に考えていた。

明後日が、どうか土砂降りの雨になりますように。


燦々《さんさん》たる朝の光の中、観光バスは相模湾を右に見て東京へと出発した。

国会議事堂や東京スカイツリーを訪れながら、僕は健一郎くんを勝利くんに紹介し、水と油のような二人を仲良くさせようと奮闘した。

勝利くんはやんちゃな顔立ちの体育会系、健一郎くんは挙動不審なサブカル系。勝利くんは竹を割ったような気性、健一郎くんは餅をついたような性格。勝利くんは誰とでもうまくやり、健一郎くんは図らずも周囲を不愉快にする。勝利くんは女子の視線を集め、健一郎くんは二次元を凝視する。当たり前に嚙み合わない。

希望の光が射したのは、浅草寺の仲見世をそぞろ歩きしている際だった。

『犬並み家の一族』

勝利くんが高校に入ってから始めたブログだ。犬神家ではなく、犬並み家。ふざけた内容を想像されるけど、そうではない。

人類は犬のようにロハスに暮らすのがいい。環境を汚さず、自然に生かされ、慎ましやかに。ことに原子力発電は神の領域を侵食している。すべてを廃炉にし、進化にブレーキをかけよう。子供たちに無邪気を取り戻せ。子供こそが未来だから。

勝利くんがスマホでブログを披露すると、健一郎くんは猛然と食らいついてきた。彼も、この問題への関心が深かったのだ。

勝利くんは、「美しい里山」「クリーン」「地球に優しい」とどこまでも抽象的で、健一郎くんは、「鋼製のMARK－I型」「デブリ除去の時期と手順」「建屋内は七万ミリシーベルト」と唾を飛ばしながら七面倒な単語を並べる。浅深の度合いや語彙は違っても、二人が同じ方を向いていることは間違いない。

やれやれ。よっこい庄一。

僕が肩の荷を下ろそうとした時、勝利くんが口にした。

「健一郎さあ、明日の自主研修はどうするの？　行くとこないなら、俺らと来ないか？」

「どこに？」

「犬並み家の一族って、けっこういるんだよ、コメントくれる常連が。東京の人も多いから、オフ会やろうって話になってるんだ。ブログで告知したら、参加希望者、六人」

「ボクがお邪魔していいのかな？」

「当たり前だろう！　お前は俺らと、同じ志なんだから」

土産物店の煎餅《せんべい》や提灯《ちょうちん》に気を取られているふりをしながら、僕は目を泳がせていた。顔色はきっと、蠟《ろう》のようだ。

明日が来なければいい。

外出できない天候になればいい。

勝利くんが死なない程度の事故にあってくれないか。

そんなことばかりを念じつづける。

我に返ると、勝利くんが木刀を購入していた。観光地を訪ねるたび、いまどき木刀など誰が買うのかと首を傾《かし》げていたが、勝利くんが買うのか。勝利くんは健一郎くんに斬りつける真似をして、いい声を響かせて笑った。


映画よりも現実を、清く正しく美しくする。

それは難しいことではない。幸せになるのは至難だけど、人を幸福にすることは誰にでもできる。ストリート・ミュージシャンにコインを投げるだけで彼は温まる。そういう行為がぷよぷよのように連鎖すれば、やがてはみんなが笑顔になる。

僕は香織先生の許可を得て、今夜と明日の宿であるサンプラザホテル上野広小路の近くのお店を巡り、十本あまりのクラッカーを手に入れた。初めからこうしていれば、青森空港で飛行機を右往左往させる必要はなかった。

　準備、完了。

　ホテルの一階にあるくすんだ食堂で晩御飯をいただく。勝利くんはガツガツ食べているけど、健一郎くんは検査するように、薄いトンカツに箸を刺したりしている。

　予定の七時が近づいてきた。僕はテーブルの下で、勝利くんと健一郎くんにこっそりクラッカーを渡した。

「恭平、なんだよこれ？」

「お二人にも、賑やかしにご協力いただきたい」

「賑やかし？」

　スマホが一分前を表示したので、僕は彼らを促してそっと立ち上がった。離れた席から立つ女子が、数名。僕はハルミ姉さんの背中を目指した。姉さんはなにも気づかず、冷や奴を口に運んでいる。

　ダブったゆえにクラスで浮いて、冗談を言い合う相手もいない。班決めでは必ずおミソになって先生の采配に任せ、休み時間は漫画本を読んでいる演技でやり過ごす。

　同じクラスなのだから、仲間になりたい。

「三、二、一」と僕が息でカウントダウンして、八人ほどが、遅れて勝利くんと健一郎くんがクラッカーを鳴らした。

「ハルミ姉さん、おめでとう！」

「ハッピー・バースデイ！」

「おめでとうございます！」

姉さんは中空で箸を静止させ、彫像のように固まっている。

サプライズだと把握した勝利くんが、

「おめでとう！」

声を弾ませ、健一郎くんは、至近距離からの姉さんの姿態に見惚《みと》れている。水族館で励ましてくれたお返しをしたいと考えたのか、どもりながらおめでとうをくり返す。

リットルだかデシリットルだかいうバンドに参加したと吹聴していた唯が、お尻を揺すりながら、

「ハッピ・ハッピ・ハッピー・バースデイ！」

適当な節で唄う。

姉さんの孤立を見兼ねていた者は少なからずいて、だから僕の呼びかけに応じてくれた。アオッパラ二年二組が誇らしい。むかしのアメリカ映画のような翳《かげ》りのない笑顔が並んでい

る。

僕は姉さんに語りかけた。

「ハルミ姉さん、驚かせちゃってごめん。みんなが言い出したことなんだ。じゃあレッツ・シング。電気を消して――」

天井灯が消える前に、僕は水を浴びていた。姉さんがコップの水を僕の顔にぶちまけたのだ。

周りが静まり返った。

姉さんはキキキと椅子を泣かして立ち上がり、「はん」と嘲るような調子で息を吐き、誰とも目を合わせずに歩き始めた。

「榎、勝手に席を立つな」

「まだ食事中ですよ」

先生たちを無視して、姉さんはロビーに向かう。細い肩が、さらにちんまりと窺えた。

僕が追おうとしたのを、勝利くんが止めた。ひとりにしておけないよという僕の目顔に向けて、勝利くんは首を振って見せ、

「食おうぜ」

元の席へと促した。

制服の袖で顔にかけられた水を拭きながら、僕と健一郎くんは従った。複雑な感情がもつれたこういう状況でどう振る舞うべきなのか、僕には分からない。勝利くんは知っている。彼もまた、中学を卒業する時期、混乱し、著しく安定を欠き、心を閉ざしたことがある。

僕はあの時も、なにもしてあげられなかった……。

目下、ハルミ姉さんを無為に見送るしかないように。


磯波旅館は八人部屋だったけど、このホテルで生徒に与えられたのは、ツインのかたわらに予備のベットが置かれた三人部屋だ。僕と健一郎くんと、一組からはみ出した梨本貴延《なしもとたかのぶ》くんが同室になった。

貴延くんは、お父さんが自衛官だそうだ。男の僕から見てもきれいな顔立ちをしていて、品が良く、ロン毛だ。いつも言選《ことえ》りをして、たおやかな話し方をする。

まれに、「おかまっぽい」という陰口が囁かれる。

貴延くんはどこかの部屋でゲームかお喋りにでも興じていたのだろう、ずいぶん遅い時間に帰って来た。

「おかえりりんこ。お疲れサマーズ」

僕のユーモアをスルーして、

「いいかな?」

細い声で確認すると、制服とシャツをベッドに脱ぎ置いて浴室に入り、シャワーを浴び始めた。平素は柔らかい目を、今夜は思い詰めたように伏せているのが気になった。

なにかあったのかな?

きっと、なにかあったのだろう。

なにかあったのは僕らも同じではないか?

サプライズ・パーティーの惨めな失敗の後、ロビーでも廊下でも、ハルミ姉さんを目にすることはなかった。足が痛くなるほど歩き回ったのに。

なにもない奴なんて、どこにもいないんだろうな——。

健一郎くんに話しかけようとしたら、スタンドの明かりも消さないうちから、メガネをかけたまま寝息を立てている。よく眺めると、健一郎くんの鼻の脇のホクロからは、ひょろりと長い毛が生えている。

心の内で暢気《のんき》を誇《そし》りそうになったけど、それは間違いだ。一昨日まで引きこもっていたのに、縁もゆかりもない学校の修学旅行に参加して、ひとつ年上の女性に恋をした上、僕や勝利くんに振り回されている。さぞ疲れたろう。

LINEでハルミ姉さんに、『いま話せますか?』と打とうとして、指が止まった。姉さんのＩＤが入っていない。お節介な僕が登録していないということは、クラス全員が知らない。

　姉さんは誰とも繋がっていない。

　空々しい誕生祝いは、関係をほぐすものではなく、むしろ姉さんに、独りであることをあらためて突きつけたのかもしれない。たとえば僕はデブだけど、自覚するのは鏡に向かった折だけだ。ひとり静かに食事を味わっていた姉さんの前に鏡を置き、ほら見てごらんあんたは淋しいよと知らせたならば、ずいぶん押し付けがましいことだ。

　キネマ恭悦のホームページが脳裏に浮かんだ。

『娯楽の電動』

　父を喜ばそうとして、生真面目な父に恥をかかせた。作り物の映画などよりも実生活を善意で満たしたいと願いながら、僕はいつでもこういう流れだ。決まって、なにかを誤ってしまう。

　朝が来た。

　あんなに祈念したのに土砂降りにはならなかったし、勝利くんが死なない程度の事故にあうこともなかった。快晴の上に風が爽やかだ。

生徒たちはロビーで生徒手帳、行動計画書、いつでも連絡を取れる携帯を提示して出発許可を得る。担任の香織先生に確認をお願いした。

「ハルミ姉さんって、どこに行くのかな」

ことさらさり気なく尋ねた。香織先生の答えは僕の気持ちを重くした。

「青山の岡本太郎記念館に行く組だったの。組っていっても、榎さんひとりなんだけど。でもお腹が痛いって、今日は部屋で休むそうよ。波雫先生がついてるから心配しなくていいわ」

勝利くんを先頭に、僕と健一郎くんは出発した。

上野駅から山手線で新橋へ行き、ゆりかもめで台場へ向かう。乗り換えは楽勝だけど、JRの改札機の人の川は田舎者の僕らをたじろがせたし、あらかじめ知ってはいたけれど、運転士のいないゆりかもめは落ち着かない。それでも、車窓に東京タワー、レインボーブリッジ、スカイツリーが広がると、デジカメを出して夢中で写真に収めた。

船の科学館駅で降り、展示されている初代南極観測船、宗谷の前のベンチに座った。宗谷は想ったよりもずっと小さい。

僕は用意してきた模造紙を広げた。

『犬並み家の一族オフ会』

集合時間は十一時だから、あと十分。肥えた僕とスポーツマンとおたくが、犬並み家の模造紙を持って待っている。

この一年ちょっと、勝利くんが発信しつづけてきたエコへの提言が数人の同志を繋ぐ。絆が結ばれる。なんと美しいことだろう。

それが事実ならば。

僕は生きた心地もしないで、ゆっくりと過ぎる時間に首を絞められていた。

「俺、修学旅行、行けそうもねえわ」という勝利くんからの電話は福音だった。風邪が軽かったことが腹立たしい。

いや、それは違う。責任は総じて僕にある。

エコロジーや反原発を訴える勝利くんのブログは、高校生にしてはずいぶん幼稚で、喩《たと》えは短絡的だし論理は破綻しているし表現は引くほど浅い。

『福島の新聞のお悔やみ欄には、自殺ばっかり並んでいるそうです。みんなの希望を砕き、生きる気力まで奪ったのはどこのどいつだ⁉』ってさあ勝利くん、お悔やみ欄に死因は記されないよ。これどこから拾ってきたデマなの？

『日本の美しい森林を守るために、マイ箸を持ち歩こうじゃありませんか』ってさあ勝利くん、割り箸にするのは間伐材や端切れだから、箸にしなければゴミになるだけだよ。しかも最近はほぼ中国産だから、日本の山には微塵《みじん》も影響しない。

『信じられない情報をゲットしちゃいました。原発事故の日、二人の東電職員が職場から逃げ出し、郡山で酒を飲んでいたというのです。なんという恥知らずな！』ってさあ勝利くん、この二人はずいぶん経《た》ってから原発敷地内で遺体で見つかったんだよ。最後まで責任を全うして津波に呑まれたの。どうしてそう、なんでもかんでも真に受けるの？

『福島第一原発作業員の死者は、リアルで四千三百人もいるのです。これが報道されていないのは、家族に三億円の口止め料が支払われているからだそうです。福島県川内村の村議のブログに書かれているから間違いありません』ってさあ勝利くん、頭の悪い村会議員だっているんだよ。だいたい口止めしてるのになにゆえ正確な人数が出るの？　一兆三千億もの大金、誰がどうやって払うの？　社会には税金ってものがあるんだよ。

こんな調子で、じつに「たいした、たまげた」代物《しろもの》なのだ。

十一時を過ぎたけど、参加者は現れない。健一郎くんはベンチを離れて、宗谷の周囲を歩き回っている。僕は、貧乏ゆすりをする勝利くんと肩を並べている。

これなのか、針のむしろって。

勝利くんがスマホを出してブログをチェックする。

『修学旅行で東京に行きます。六月十七日は自主研修でフリー！　そこで提案です。オフ会とか、どうでしょう⁉』

という誘いに、『行きます行きます！』『犬並み家、集合しましょう』など六人が参加を表明している。

「忙しいのかなあ……東京の人は」

勝利くんの嘆息に、僕は溜め息を重ねた。

「忙しいっていう字は、心を亡くすって書くんだよね」

退屈に耐えかねた健一郎くんがコンビニで買ってきてくれたおにぎりを頬張りながら、僕たちはただ時間を埋めていく。

六人どころか、ひとりだって来るわけがない。

勝利くんのブログを読んで激しく同意のコメントを寄せたり、オフ会に参加すると綴ったのは、全部僕なのだから――。

勝利くんがスマホの上で指を滑らせて文字を打っている。僕は、「トイレ」と立ち上がって、できるだけ普通を装った。

「トイレに行ってくる。あのさあ……鍵かけて、解放されるお手洗い。どうこの川柳？　こんなのもあるよ。ノックして、どうぞと言われて青くなり」

笑いながら近くの公衆便所に入って、スマホのブラウザを立ち上げた。『犬並み家の一族』を開くと、『約束の場所、なう』という勝利くんの三分前の書き込みを発見していたたまれなくなった。

次の一文が表示された。勝利くんがいま投稿したものだ。

『俺は、待ってます』

勝利くんを傷つけたくない。なんとか取り繕えないものかと頭をひねるが、案は出ない。本当は分かってる。僕が勝利くんのためにできることは、ひとつしかない。

長いのか短いのかも認識できないまま午後になり、日が傾き始めた。辺りが暖色に覆われていく。

「明日」

何度も宗谷を見て回っていた健一郎くんが、ぽつりと口を開いた。

「明日になれば、修学旅行は終わる。ボクはみんなと別れて函館に戻る。だから……行くよ」

「どこに?」

「初めて南極に行った宗谷のように、ボクは旅立つんだ。……あのねえ」

健一郎くんは、いきなり奇妙なことを語り始めた。

「江の島の水族館でイルカのショーを見たよね？　係の人が得意そうに説明してた。この水族館では、イルカたちの尿や血液を毎日調べる。健康に気を配り、衛生に手を抜かない。だからイルカ・プールで三代過ごしている個体もいるんだって」

「それが？」

「吐き気がしたんだよ。ボクは自ら引きこもってた。まずまず快適だった。でも三代は無理だ」

「あそこのイルカは、最初から海を知らねえだろう」

勝利くんが正論を述べた。

健一郎くんは唾を飛ばして反駁《はんばく》した。

「知識としては知らない。でも身体が知ってるんじゃないかな」

「カラダ？」

「早く泳げるヒレがある。いくらでも進める尾がある。この身体は、狭苦しい場所をグルグル回るためのものなのか？……ボクは運動音痴だけど、それでも三メートル四方の場所で暮らしたら、思い切り足を使いたいと願うはずだ。つまり、走ってみたいって」

「健一郎、お前なに言ってんだよ？」

勝利くんの問いかけを無視して、健一郎くんは歩き始めた。息を荒らげ、頬を紅潮させている。

「健一郎！」

「健一郎くん？」

健一郎くんは振り返ると、彼には不似合いな爽やかな笑顔を見せた。試合を投げ切ったピッチャーや、会心のヒットを放ったバッターさながらの表情だ。

「ジャンプして、プールから海に飛び出すんだ」

踵《きびす》を返して、ゆりかもめの駅へ向かって行く。

僕と勝利くんは呆気に取られながら後を追った。

なにを訊いても、健一郎くんは笑うばかりで、どこになにしに行くかを明かさない。

最初は苛々したが、やがて不思議な高揚に包まれた。たぶん、勝利くんも同じ感じを味わっていた。勝利くんのことなら、僕にはそっくり分かる。

新橋で東海道線に乗り換えて、西に向かう。集合場所の上野のホテルが遠くなるほどに、心細く、同時に身軽になる。自主研修は自由行動だが、見えない柵に囲われ、あらかじめ定められたコースを通る。そこから外れただけで、不安と愉快に包まれている。

「どこに行くんだ、健一郎？」

何度も質問していた勝利くんが、もう尋ねない。柵の外なら、どこでも同じだ。淋しくて温かい。悲しくて嬉しい。暗いけど清々《すがすが》しい。この感覚は新鮮だった。糸の切れた風船は、上昇するにつれて広がる絶景に感動し、同時に凍えて震えるのだろう。

健一郎くんは藤沢駅で下車して江ノ電に乗った。四輌編成の電車が薄暮の中を発車する。もうすぐ集合時間の六時になる。

「電話くるとうっせーからな」

勝利くんが、つづいて僕がスマホの電源を切った。健一郎くんが操作するスマホの待ち受けは、いったいいつ撮ったのか、バスから空を眺めるハルミ姉さんの写真だった。盗撮ではあっても、撮る者の心を写すのか、姉さんは平素より艶めいていた。

通用口はあっさりと開いた。

午後五時閉館なので、中に踏み込むと、静まり返った空間に水音だけが響いている。

健一郎くんが目指していたのは新江ノ島水族館だった。照明が落とされた空間に、一筋のライトが射し込む相模湾大水槽が聳《そび》えている。エイは砂地に腹をつけて眠り、サメの動きも鈍い。イワシの群れだけが、至大な怪物のように蠢《うごめ》いている。

「よし」

健一郎くんは確認した。水底には、一昨日ハルミ姉さんが捨てた指輪がまだ転がっている。

なにをする気だろう?

健一郎くんは銀縁メガネを制服の胸ポケットにしまい、おもむろに脱ぎ始め、マジックで『けんいちろう』と書かれた白いブリーフ一枚になり、脆弱《ぜいじゃく》な肉体を晒した。江ノ島駅からここに来る途中、何軒かの店に寄っていたが、そこで購《あがな》ったのだろう、水中マスクを装着する。

彼は水槽に潜って、姉さんがうっかり落とした指輪を拾うつもりだったのだ。

健一郎くんが、律儀に準備体操をしながら階段を上って行く。

僕から手短に事情を説かれた勝利くんはひっくり返って笑った。あまりの馬鹿らしさに、転げ回ってヒーヒー叫んでる。

そして――。

勝利くんはいきなり僕の前に立った。

豹変して、真顔だ。

「恭平」

僕を射るように見据えている。

昼から午後にかけて、ベンチに掛けた勝利くんは『犬並み家の一族』に寄せられたコメントを何度も読み返したという。

「そしたらさあ、俺、笑っちゃったよ。娯楽の電動なんだもん」

「娯楽の電動が、なにか？」

「お前のいつもの誤変換だよ。どのコメントも、健康の健は建築の建。癒やしは卑しだし、環境のキョウは鏡って字だし、汚染水は汚染吸い。ほかにもたくさんあった」

　僕は取り繕った。

「勝利くん、誤変換はありふれたことだよ」

「コメントしてる全員が同じ誤変換って、ありえないだろ⁉　オフ会に誰も来ないはずだよ。すべて恭平だった。全部、お前だったんだ」

　さらに釈明しようとした。

しかけたのだけど……もう、いいや。

力尽きて、僕は項垂れた。一年ほど前から重ねてきた嘘。僕は、ようやく解放される。

そうして、思い至った。公衆便所で読んだ、『俺は、待ってます』という書き込み。あれはスマホでチェックしているに違いない僕に、勝利くんが投げかけたものだった。僕が白状するのを、勝利くんは待っていた。

「じつはね」

ぶん殴られる覚悟とともに、つづけた。「じつは」の後は、絞り出すような声音になった。

「じつはね。……勝利くんの言う通りだ。コメントは、全部僕が書いてた」

その瞬間、激しい水音がした。大水槽を振り仰ぐと、まさに健一郎くんが飛び込んだところだった。立ち上る泡が光を反射して、健一郎くんは揚げられている天ぷらのようだった。

「恭平、この野郎！」

勝利くんの拳骨《げんこつ》が見えた。僕は殴られる覚悟など忘れて、反射的に身をかわし、這うようにして階段に向かった。

「なんでそんなことした⁉　殺すぞ、手前《てめえ》！」

「勝利くんは、いっぺん死んだじゃないか！」

僕は叫んだ。

中学の野球部で、僕たちはバッテリーだった。勝利くんの中学生離れした重い球を受け止めることが、キャッチャーである僕の愉楽で、誇りだった。

三年間、投げて、受けてをくり返した。交わした言葉よりも、往復させたボールの方が多い。体調も、感情も、僕はいつも勝利くんを感じていた。会心の球を投げた際は日に焼けた顔から白い歯をこぼす。

僕は、それが大好きだった。

中学の終わりに肘を壊して、勝利くんは野球を諦めざるを得なかった。駅裏のコンビニの前でタバコをふかしたり、ギッた自転車を乗り回して崖から捨てたりし始めた。そういう勝利くんを遠く感じた。

「ぶはーっ！」

健一郎くんは何度も潜ろうとするが、尻が浮いてしまってうまくいかない。跳ねた飛沫が、階段を這い上る僕にも降りかかる。

「勝利くんは、いっぺん死んだ」

僕は追って来る勝利くんに告げた。

「勝利くんがどうしてブログを始めたのかは知らない。でもね……でもね――」

僕が匿名で御意のコメントをつけた時、つまり投げたボールに手応えを感じた時、勝利くんは晴れやかにガッツポーズをした。ストライクを取った際と同じ、喜びが噴き出す表情をした。

「コメントが来ると、勝利くんはいい顔をする。生きてる顔をする。僕はずっと見ていたかったんだ」

いくつかの匿名を使い分けてコメントを投稿しつづけた。キネマ恭悦の事務室で埃をかぶっている、『娯楽の電動』と誤変換したひどい日本語入力機能のパソコンから。だから『環鏡を守ろう』になったのも止むを得ない。

「ぷはーっ！　ぶほほーい！」

健一郎くんは性懲りがない。

僕は階段の上で追い詰められて、勝利くんに対峙した。

「僕はね、カッコいい勝利くんだけを見ていたかったんだ」

勝利くんが僕の胸を突いた。僕は悲鳴を上げる余裕もなく水槽に落ちた。

冷たくて、しょっぱい。水槽の外から眺めている折は忘れていた。海の水はこんなに塩辛い。

「恭平！　死ね、この野郎！」

勝利くんは制服の上を脱ぎ捨てると、躍り上がって、そのまま僕の頭に落ちてきた。新しい水柱が上がる。勝利くんは僕の髪を引っ張って笑っていた。

えっ？

ストライクを取ったように満面で、勝利くんは泳ぎながら弾けている。

「馬鹿野郎！　どうかしてるよ、お前は！」

わけはどうでもいい。

勝利くんが生き生きしている。そのことだけで、僕は幸せになる。

「二人とも、ありがとう」

横を見ると、健一郎くんが感極まった面持ちで僕たちを見ている。

「ボクを手伝おうと、水槽に。これが……これが世に言う、友情なんだね」

いまさら否定はできない。

健一郎くんは感情を高ぶらせて啜《すす》り泣きを始めた。

「いいとこあるんだなあ、公立にも」

勝利くんが寒さを吹き飛ばすように、自棄《やけ》気味に怒鳴った。

「競争な。負けた二人は帰りの電車、パン一」

僕たちは一斉に潜った。

気分が果てなく上がる。こういう場面は映画にだってあるだろう。でもこの冷たさは僕たちのものだ。僕たちだけが総身で味わい、フィルムに記録されることはない刹那の破裂だ。『サウンド・オブ・ミュージック』よりも『ニュー・シネマ・パラダイス』よりも、僕らは僕らを謳歌している。

水底までの六メートルは遠い。やっと砂地に指がついても、水中マスクをしていない僕と勝利くんには景色がぼんやりとしか見えず、手さぐりするしかない。砂が舞い上がり、マスクをした健一郎くんの視界も濁らせる。

「もう一丁！」

「きみたち、邪魔をしないでください！」

「せーの！」

水中に頭を突っ込む。両手で水を押し上げる。尻が沈んだのを感知したら足を漕ぐ。脂肪が浮力になるから、がむしゃらに。気がつくと隣で、沈めない健一郎くんが悪あがきしている。

僕は健一郎くんのブリーフを摑み、渾身の力で引っ張った。いきなり圧が変わって耳の痛みに身を捩《よじ》った健一郎くんだが、その手が、とうとう摑んだ。ハルミ姉さんの指輪を。

健一郎くんが姉さんのためにできる、完全に間違っているけれど、それでもこれしかないただひとつの行為。

「好きだ」などと口にする度胸のない者が仕出かす意味のない冒険。

宇宙に胸を張れる勘違い。

銀色の指輪を、健一郎くんはしっかりと握り締めて浮上した。

幹線道路沿いのジーンズ・ショップに駆け込み、安い服を選び、濡れた紙幣で支払った。江ノ電に乗り、東海道線に乗り換え、山手線で上野へ。

最初は笑い合っていた僕たちだけど、徐々に言葉数が減った。映画が終わり、館内が明るくなったら宿題を思い出した。そういう感じ。

着衣のまま水槽に落ちたので僕のスマホは濡れてしまった。健一郎くんか、周到に上着を脱いだ勝利くんに借りて、香織先生に、『電車を乗り間違えて、遅くなって平にご容赦』というメールを送ろうかと悩んだが、「いまさら」と肩を落とした。

門限に二時間半遅れて、ホテルに着いた。

「気をつけなさい。心配したのよ」

香織先生は僕たちを形だけ諫《いさ》め、詳しい事情を聞くそぶりさえなかった。それどころではない様子だった。

宅配便の業者さんが立ち働くロビーで、いつもテキトーな廣田センセイが走っているのを初めて目撃した。大西教頭がなにごとか喚いている。先生たちだけでなく添乗員さんもホテルの人も、とにかくみんなが浮き足立っていた。

「生徒が誰か死んだらしいよ」

「違うって。アオッパラ史上初の修学旅行駆け落ちだってさ」

「嘘⁉　あたしが耳にしたのは……」

生徒たちの口から口へと噂が迸っていた。

かくなる一大事にさえ興味を持てないほど、僕らは疲れ果てていた。

その夜も、最終日の東京見学中も、健一郎くんはハルミ姉さんに近づけないでいた。姉さんが指輪を自ら捨てたのだということを、いまさら健一郎くんに伝える必要はない。とにかく指輪を見せれば気持ちは伝わる。その先は予測できない。でもそこからしか始まらない。

バスの中では寝たふりをし、買い物する際は姉さんからなるべく離れる健一郎くんを、僕と勝利くんはしつこく唆《そそのか》したけど、引きこもりプラスおたくという重い山は動かなかった。

唯一嬉しかったのは、バスの窓際の日なたに干しておいた僕のスマホが復活したことだ。時に挙動不審になり、画面が乱れるから長くはもたないだろうが、当座は使える。

「俺ら、なんのためにあんな目にあったと思ってるんだよ?」

勝利くんが健一郎くんに毒づいた。

「まあな。笑えたから、それでいいんだけどさ」

肩をどやされた健一郎くんが、力なく微笑む。

彼には無理なのだと、僕は心得た。

健一郎くんには二次元が似合う。家に帰ればまた部屋に引きこもり、彼を置きざりにしたことにさえ気づかずソウルに発った函館学園に通うことはないだろう。それが、彼には相応なんだ……。

　バスは予定通りに羽田空港に着いた。健一郎くんひとりが乗る函館便の時間が迫っていたので、別れは性急なものになった。

「他校のボクを受け入れてくれたみなさんに感謝します。ありがとうございました」

　香織先生に促されてくぐもった声で挨拶をし、健一郎くんは保安検査場へと歩き出した。僕や勝利くんに弱々しい視線を送るのが精一杯という打ちひしがれた有り様で、「さいならッキョ」と伝える暇もなかった。

「ではみなさん、五時四十五分にここに再集合してください。遠くには行かないでくださいね。あと、間違ってもクラッカーだけは買わないように」

　添乗員さんがみんなを笑わせた時、どてどてとしたぶざまな走り方で、健一郎くんが戻って来た。

　健一郎くんはハルミ姉さんの前に滑り込み、彼女の手にあの指輪を握らせ、トマトかと見紛うほど赤くなって、再び保安検査場へ走り込んで行った。

　この間、わずか十秒。

　みんながトイレや買い物に散った後、僕は姉さんに説明した。勝利くんにもヘルプを求めたけど、勝利くんは、「なんで俺たちがあいつのかわりに告らなきゃならないんだよ」と、三組の仲間と買い物に行ってしまった。

水槽に捨てた指輪を、健一郎くんは落としたのだと勘違いしたこと。姉さんに憧れてこっそり写真を撮っていたこと。どうしたら姉さんに気に入ってもらえるか見当もつかず、水族館に忍び込むという無茶を仕出かしたこと。

醒めた顔で聞いていた姉さんは、

「はあぁ」

怠そうな息を吐き、首を振りながら僕から離れていった。呆れる以外の感想を持った様子は、なかった。

「終わったよ」

僕は健一郎くんに、心の中で伝えた。


「ご搭乗のみなさまに、コックピットから機長の浜田山がご案内します」

ターミナルを離れて動き始めた機内で、アナウンスが流れてきた。

「羽田空港混雑のため、当機、しばし離陸を待つことになりそうです。この間に、私事のご報告とお礼を述べさせていただきたいと存じます……」

しばらく離陸しないということは、まだ電波を使っていいということだろう。僕は画面に不穏なノイズが走るスマホを出し、いくつかのホームページを巡回して、最後に『犬並み家の一族』を覗いた。なんとはなしの、いつもの習慣。

目を疑った。

数列前に座った勝利くんの背中とスマホの画面を、何度も見比べた。たいした、たまげた。

船の科学館のベンチで書き込んだ『約束の場所、なう』『俺は、待ってます』につづいて、勝利くんは新しいコメントを残していた。

『恭平、ありがとう』

ボールが返ってきた。

投げて、受ける。返して、また投げる。ずっとそうしてきたように、僕と勝利くんはバッテリーだ。

許してくれた。笑ってくれた。

瞳が潤んでスマホが霞む。

「あ」

旅客機に搭乗した際、勝利くんが、「恭平、俺、こいつらと話があるから」と離れた席についた理由が分かった。このコメントが書かれたのは五分前だ。シャイだからこういう手段でしか真情を伝えられない。勝利くんのことなら、僕はなんでも了解している。

いきなり、隣の空席にハルミ姉さんが身体を押し込んできた。いつもの不機嫌とは違う、別人のように溌剌とした雰囲気だ。

僕が初めて目にする華やかな笑顔をこぼして、姉さんは告げた。

「大場健一郎のＬＩＮＥ、知ってる?」

「……もちろん」

「伝言、頼める?」

姉さんは、誰も聞いていないのに僕の耳に口を寄せて、こう囁いた。

「青森に来たら、デートしてあげる」

驚嘆の目を向けると、姉さんは滑るように自席に戻って行った。あれは恥ずかしがっているのか。孤独という仮面を剝げば、姉さんはこうも可愛い人だった。

機長は、「白状しますが」とか「気温はマイナス六十度」などと延々と放送をしている。まだ離陸しない。電波は使える。

僕は健一郎くんのＬＩＮＥに、『青森に来たらデートしてあげる』と打ち、今度こそ誤変換がないか何回も確かめ、飛行機が再び地上滑走を始めた瞬間、送信した。

ふっと画面が暗くなった。

ご臨終？

僕のスマホは最後に大役を果たした。

健一郎くんを乗せた便は、そろそろ函館に着く。電源を入れてこのメッセージに気づいたら、泣き崩れるのではなかろうか。

……あ。

ハルミ姉さんからの伝言だということを書き忘れた。これでは、僕が彼を逢引きに誘っていることになる。

おい。

ちょっと。

ま、いっか。

すぐ近くの結真実が、なぜだか明太子を丸一本くわえて唯たちガールズ・バンドのメンバーと大騒ぎしている。悩みはないのか、馬場結真実。

愉快が伝染してきた。どの映画のどんな場面よりも、僕はいまに頬ずりをする。エンドマークはいらない。ずっとこのままがいい。

飛行機が離陸に向けて加速する。

ずり上げたメガネの奥の瞳をどんぐりにしてスマホを見つめる健一郎くんを想い、僕は爆笑した。お腹の底から笑いが突き上げてくる。

機体がふわりと舞い上がる。

身体も、気持ちも、僕は夜空をすっ飛んでいく。

第3章　オレはオレをこじらせている

コンビニで朝メシがわりのエクレアを買い、歩き食いをし、墨田区にある会社に向かう電車に乗った。ラッシュに身を縮めながら文庫本を開く。森見登美彦という人が著した、『夜は短し歩けよ乙女』。

『夜は短し歩けよ乙女』の前は、伊集院静の『星月夜』だった。この後は織田作之助の『夫婦善哉』の予定。小説が好きなわけではない。文字を追っている間は現実を忘れられる。二年前にどうしようもない厭世観に囚われて以来、オレは書名しりとりをしている。

ホシヅキヨ→ヨルハミジカシアルケヨオトメ→メオトゼンザイ。

書店で川上弘美の『センセイの鞄』に心を惹かれ、読みたいのだが、そういうわけにはいかない。鞄は『ン』で終わる。『センセイの鞄』を読めばしりとりが終わり、眼前には認めがたい事実が広がる。

出勤すると大型二種免許を呈示し、アルコール検査を受け、今日のスケジュールを手渡される。朝八時半に羽田空港第一ターミナル。客は修学旅行生だという。

「♪連れてってやるぜ。事故ってあの世へ、みんな仲良く修学旅行」

足回りをチェックしながら、適当な文句を唄う。ステップを上り、オレは観光バスの運転席に、『水野《みずの》尾彰《おあきら》』の名札を差し込んだ。


なにかの事情で飛行機が遅れたらしい。予定を三十分ぐらい過ぎた頃、鹿によく似た顔のバスガイドがバスから降り、到着した一行に、「おはようございます！」と愛想を繕った声を発した。

青臭く汗臭い、あるいは人工的な甘い香りを撒き散らす十七歳たちがどやどやと乗車して来た。オレは運転席で道路地図を調べるふりをして、「よろしくお願いします」と頭を下げるガキがいても無視をした。

「はい、一組はこの一号車よ！　みんな急いで、遅れてるんだから。野々花さん、ふざけてないで乗って」

担任なのだろう、女性教諭がステップの下からオレに挨拶をした。

「運転手さん。一組担任の中島です。今日からの四日間、よろしくお願いします」

オレの顎が外れ、首が三百六十度回転した。

中島升美もまた、目を白黒させていた。

「……升美」

「……先輩」

升美の口が動いたが、慌てて生徒たちを意識した。目下は旧交を温める状況ではなく、ガキどもをバスに詰め込む時間だ。升美は、とってつけたような大声を発した。

「みんな急いで！　貴延くん、ちんたら歩いてると置いてくよ！　早く！」

オレは会社で渡され、ろくに見もしなかったスケジュール表をあらためて眺めた。『青森県立青森東北原高校修学旅行御一行様』。

アオッパラ。

なんてことだ。

オレと升美の母校だ。

オレは帽子を目深にかぶった。やがて乗って来た升美とは、頑なに目を合わせない。運転手である姿を一番見られたくないのが、この女だった。

川崎を過ぎた頃、予定になかった休憩が入った。二号車に函館から来た他校の生徒が混ざっていたという。馬鹿の集団を運ぶ修学旅行にトラブルは付き物だが、こういう事案は初めて聞いた。

オレは売店に行き、タバコとライターを買い、一本に火を点《つ》けた。自動的に手帳を出し、今日の欄に書かれた『禁煙』という字を横線で消し、明日の予定に『禁煙』と書く。

二年前から始めたタバコを、なかなかやめられない。この数ヶ月、手帳には線を引いた『禁煙』が連日並んでいる。結局吸うのだから誓う必要はないのだが、それでも書けばやめられる気になる。「どうせ明日からは吸わないんだから」と心安らかに、煙を肺いっぱいに取り入れる。

うまいなあ。

二号車の前で教師と数人の生徒が協議をしている。風に乗って升美の声が流れてきた。

「鎌倉に向かいましょう。ここでボーッとしてても時間の浪費です。当校は大場くんを伴って修学旅行を予定通り進行し、函館学園がソウルに到着した時間に担任教師に電話してご相談する。それでよろしいのでは？」

迷いのない声音。

彼女はいつでも正しい。

オレと升美は青森の同じ町内で生まれ育った。小学校からアオッパラまで、ふたつ年下の彼女は常に後輩で、そのくせ必ずオレに説教をしていた。オレが慶應に受かって上京した二年後、升美は三流大学に入り、オレの近所のシェアハウスに住んだ。オレは東京生活をレクチャーしてやろうと升美を居酒屋に伴ったが、彼女はオレの注文をいちいち訂正して栄養バランスをレクチャーした。

オレは二十九歳だ。だからあいつは、二十七。職業、高校教師。生徒に尋ねたら日本史を教えていて、学年進路指導だという。

正しさに磨きがかかっている。

彼女に会うのは、東京にずいぶん雪が降り積もったあの夜以来だから……五年ぶりになる。五年前のオレは現在より値段が一桁高いシャツを着て、タバコを吸う者など己を粗末にする愚か者だと信じて疑わなかった。

唇をすぼめて、オレは青い煙を宙に燻《くゆ》らせた。

鶴岡八幡宮や長谷寺《はせでら》。

鎌倉の定番を何箇所か回って、江の島を望む新江ノ島水族館の駐車場にバスを押し込んだ。鹿の顔のバスガイドが、「行ってらっしゃい」と生徒たちを見送っている。

運転中、升美から顔を逸らせつづけたせいですっかり凝ってしまった首の左側を揉みながら、オレは立ち上がろうとした。水族館のすぐ前が海だ。サーファーでも眺めながらタバコをふかそう。

「あ」

升美が急ぎ足でバスに戻って来た。正面から向き合ってしまった。

彼女はステップに足をかけたまま、オレから視線を外して奥に声をかけた。

「有紀《ゆき》さん。……体調悪いかな?」

気づかなかったが、後ろの座席に身体を埋《うず》めるようにして、ひとりだけ女生徒が残っていた。有紀と呼ばれたその子は、五年前の雪の夜の升美そっくりの面持ちをしていた。口を開いたら思いが溢れてしまうから、真一文字に結んでいる。静かになにかと闘っている。

「行こう、有紀さん。さあ」

何度も促し、升美は不承不承の彼女を連れてバスから降りて行く。

窓から窺うと、升美は女生徒の顔を覗き込み、熱心に話しかけていた。声は聞こえないが、どうせ正しいことを語っているのだろう。

鹿のバスガイドに留守番を頼んで、オレは水族館の庇《ひさし》をくぐって浜に出た。石段に座る。

六月になり、そちらこちらで海の家を建てる工事が始まっている。夏が近づいている。オレには、なんの関係もなく。

タバコを一本吸い終えた時、背後に気配を感じた。

生徒たちを館内に追いやったのだろう、升美が歩いて来て、かたわらに腰を下ろした。一メートルぐらいの距離を置いて。

五年ぶりのオレと升美は、どちらからどういう話を切り出すべきか不明で、意識していなかった波のボリュームがふいに大きく感じられた。

升美が口を切った。

「びっくりした。……五年ぶり?」

「世間は狭いもんだな」

升美は会話の糸口を探して、人差し指で膝をトントンと叩いている。

「いまの子ね。……バスに残ってた子」

「ああ。有紀とかいったっけ?」

「成績、すごくいいの。かつての先輩並み。早慶上智を目指してたんだけど、今年になって、急に受験しないって言い出した。学年のホープだったのに」

「オレみたいだな」

「先輩?」

「町のホープ。みんなが羨む東京の大学に進み、誰もが妬む一流企業に就職した。それがどうしてだか、観光バスの運転手」

「先輩はバリバリのビジネスマンで、しょっちゅうアジアやアメリカに出張してた。……なにがあったんですか？」

一番訊きたいであろう質問の答えをはぐらかして、オレは尋ねた。

「あの子に訊いたか？」

「なにを？」

「なぜ気持ちが変わったのか」

「よくあることなの。あの年頃って、理由なんかなくても五分で変わる。そのコロコロに振り回されるの、進路指導は」

「いい大学がいい人生ってわけじゃない。お前が見ているのはあの子の将来じゃなくて、学校の進学実績だろう。少しは成長したかと想ったけど、相変わらず歩くマニュアルだ」

升美が苦笑した。

「先輩こそ変わらない。いつも上から目線。中学でも高校でも下北沢のピザーラのバイトでもそうだった。みんなが馬鹿に見えるんですよね」

「特にお前がな。ピザーラカニマヨからカニを抜いてくれって注文に、お前、それはできませんって言い張っただろう。カニを入れなきゃいいんだ」

「カニが嫌いなのにカニマヨを頼む方がどうかしてる」

「カニが入ってないカニマヨを食べたい気分だってある。メニューを自由に作っちゃ駄目か?」

「だから運転手なんですか?」

「は?」

「だからエリート街道から違う道に……。どうなんですか?」

オレは返答せず、二本目のタバコに火を点けた。タバコを喫《の》むオレを初めて見た升美は、当惑したように視線を海に向けた。

波は穏やかで、海面で陽光が瞬いている。就職して以来足を向けていない故郷の冷たく峻厳な海を、ずいぶん遠く感じた。


修学旅行の一行は江の島の旅館に泊まるが、四台のバスの運転手とバスガイドは藤沢駅に近いビジネスホテルをあてがわれた。

鹿ガイドらに誘われた居酒屋での晩メシは、痛飲したい衝動を抑えてビール一本に留めた。明朝の出発前には小型のアルコール検知器で呼気を計る。データは携帯で会社に送られる。息を吹き込むストローに穴をあけて数値を誤魔化す輩《やから》もいるが、オレは慎重だ。契約社員の立場は弱い。いつかは辞めるのだが、この程度の仕事を向こうから辞めさせられるのは我慢がならない。馬鹿に馬鹿にされるほど憂うべきことはない。

朝、ホテルに隣接するコンビニでタバコとライターを買い、手帳の『禁煙』に棒線を引き、新しい『禁煙』を書き記した。

一服。うまいなあ。

この日は東京観光だった。運転中、あるいは駐車場で、何度か升美の指導を耳にした。

「松代《まつしろ》くん。そういう専門学校にも意味はあるのよ。でも同じことは大学でも勉強できる。大学に入って、それから考えればいいじゃない。こういう言い方、いやだけど、高い所から低い所へはすぐ行ける。逆は難しいでしょう？　まずきみが行けるトップに行こう。先生が言うこと、間違ってる？」

間違ってない。

だからこそ、質が悪い。

正しいことは人を追い込む。真実に正しく生きたいなら二酸化炭素を吐き出すな。人が正論を慮《おもんぱか》るなら刑務所は空っぽのはずだ。手帳に『禁煙』が行列してたっていいじゃない、にんげんだもの。

——分かってるんだ。

升美の言動が鼻についていちいち罵《ののし》るのは、同類だからだ。

頑固で潔癖で意地っ張り。オレと彼女はそっくりだ。五年前の雪の夜もそうだったし、遡《さかのぼ》れば子供時代から似たもの同士だった。

一日が終わる頃、「明日は吸わないのだから」と、オレはその日のタバコの残りとライターを捨てる。朝になれば必ず買うから無駄遣いだ。その虚しい出費を己への罰だと考え、ようやく自分を赦している。罪を犯しても罰を受ければプラマイゼロ。

意志の弱さにさえ筋を通すのが、オレの性分だ。

翌日は自主研修という名の自由行動なので、オレは休日だった。

それなのにオレは早起きをして地下鉄に乗っている。隣には升美と、四人の男女高校生がいる。倉田《くらた》有紀という、急に受験をやめると心変わりして升美を手こずらせている女生徒もそのひとりだ。

昨日の午後、東京スカイツリーの駐車場でタバコを吸っていると、貧相なすだれハゲが、

「一本いただけませんか？」

腰を折って近寄って来た。

「ワタシ、教頭の大西といいます」

駐車場でよく見かけたから、教頭の顔は知っていた。オレは心にもないことを述べた。

「一本といわず、どうぞ」

「恐縮です。三年ほど禁煙してたんですが、今回の修学旅行は離陸前のクラッカー騒動に始まり、シャワーのようにストレスに晒されておりまして。一服したくなった」

クラッカー騒動がなにかは知らないが、教頭が疲労困憊《こんぱい》しているのは、小さな目の下に紙粘土を貼り付けたような隈《くま》で分かる。

肩身が狭いせいか、喫煙者は互いに親切になる。

「オレ、卒業生なんですよ。アオッパラの」

「へえ。そうだったのかい」

「中島升美先生の二年先輩になります」

「これはびっくりだ。こういう偶然もあるんだなあ。きみ、名前は？」

「水野尾といいます」

オレと教頭は数本のマルボロライトを煙にしながら四方山話《よもやまばなし》に興じた。そのうち、翌日の自主研修の話になった。ディズニーランドや原宿などへ遊びにくり出す生徒が大半だが、大学見学や企業訪問をする者もいるそうだ。

「ワタシが田舎者ですからな。東京の大学や企業は不案内で、升美先生に任せっぱなしなのですよ」

「彼女は熱心ですね。それでも東京の大学を卒業してUターンして五年。烏兎《うと》怱怱《そうそう》の東京では、五年前は江戸時代です」

小難しい四文字熟語が教育者の心の琴線に触れたのか、教頭は、「では我が校の進路指導はどうすれば？」と上目遣いになった。

数年前まで広告代理店で億単位のプレゼンを捌《さば》いていたオレだ。田舎の教頭を抱き込むのは造作もないことだった。「考えるところがあって、当座は気ままな運転手をしている」オレの出身大学や前職も目眩《めくら》ましになった。

かくして今日、オレは学校が進路指導に手を焼いている生徒四人を引率して、地下鉄で『リアル人生見学』に向かっている。大学のキャンパスを歩いたり企業の外面《そとづら》に触れただけでは及びもつかない実情を見せる。

オレに魅了された教頭は、今朝も上野広小路のホテルの前で頓首してオレを見送ったが、領分を荒らされた升美は仏頂面だ。

どうして折角の休日を棒に振ってこんな酔狂なことをしているのか？　最初はオレにも分からなかった。母校の後輩たちを案じるからではない。

不承不承、認めざるをえない。

オレは升美の上に立ちたい。尊敬されたい。屈服させたい。

つまり、あの頃からなにも変わっていない。

最初は、泉岳寺のガラス張り七階建てのビルの前に升美と生徒たちを連れて行った。

「この自社ビルを持つ会社社長は二十二歳。七年前、中学生の時、父親に名義上の社長を頼んで会社を興した。小口専門のインターネットの広告代理店。盲点を突いて成功した。社員が二百人だ。中には東大卒もいる。中学中退が東大を雇ってる。いいか？　東大は出なくていい。使えばいいんだ」

次は目黒の権之助坂下。

「どうだこの店、おしゃれな上に繁盛してるだろ？　高校時代のバイトで服飾販売の面白さに目覚めた十七歳女子が、即行で中退して始めたのがこのブティックの前身だ。ありふれたビニールのテーブルクロスをキッチュなワンピースにする。ただ一発のアイディアが受けて、いまじゃ年商四億円。今年からはニューヨークのチェルシーに支店を構えている」

生徒たちは無言だった。漫画を超えた現実を処理し切れない模様だ。

升美は頭痛でもするのか、しきりにこめかみを揉んでいる。彼女を困らせていることに、オレは喜びを覚えた。

つづいてオレは、オレでさえ思いもかけなかった場所に彼らを導いた。五反田の路地にある安アパート。いまどき風呂なしトイレ共同の三畳間。コンビニの惣菜の空き容器と文庫本と脱ぎ捨てた衣類が散らばっている。

「この部屋の住人は一流大学を出た。トップ企業に就職した。自らが提案したプロジェクトの失敗の責任を問われ、オレはこんな程度で終わる人間じゃないと辞表を叩きつけ、それで終わった。彼の才気は会社の威光を借りて発揮されたものだった。積み上げた学歴や実績なんて、傲慢な錯覚ひとつで容易に崩れ去る。実力よりも重要なのは、愛想と要領だった。どうだ？　これもリアルな社会の一面だ」

堪えかねて、升美が生徒たちに向き直った。

「あなたたち、本来の自主研修に戻って。大学見学に行きなさい。この人の言うことは嘘ではない。でも極論なの。全部あまりにも極端なの。……駅、分かるよね？　さあ行きなさい」

剣幕に押されたように、有紀ら生徒たちは部屋を出て行った。五反田駅は道一本で三分だから、迷う憂慮はない。

「先輩。どういうつもり？」

升美がオレに対峙した。

「田舎の堅物教師の理想論しか聞いたことがない。あいつらに違う価値観をいっぱい知らせて、悩ませて、手前で決めさせればいい」

「本当にやりたいことがある子は、教師がなに言ったたって飛び出してく。高校生なんて子供なの。先輩、十七歳の頃、そんなに立派だった？……私が正しいなんて考えてない。むかしは生涯安泰って言われた公務員の給料だって冗談みたいに下がってる。私の給料だからよく知っている。どの方向がいいかなんて誰にも分からない。分からないから真剣なの。ちょっとでも幸せに近い道を選んでくれないと送り出せない。——私の生徒なの！」

オレは卓袱台《ちゃぶだい》の上を片付けて、ハーブティーの支度を始めた。升美が不安そうに覗く。

「なにしてるの？　勝手にいいの？」

「じつは、さ」

衝動的に彼女をこの部屋に案内したわけが、やっと分かった。もう意地など張らず、オレはすべてを開きたかったのだ。

境遇だけでなく。

心も。

久しぶりに会った升美は、学生時代よりも魅力を増していた。いま男がいるかどうかなど構わない。こんな再会は、神の采配でしかありえない。ちんけな自尊心で時間を使い捨てるのはやめよう。

「じつはね」

勇気を振り絞り、少し上ずった声で伝えた。

「じつはここ、オレの部屋なんだ」

升美は啞然《あぜん》と口を開け、五秒ほど頭のなかを整理していた。

「プロジェクトに失敗して辞表を叩きつけたのって……先輩だったの⁉」

「誰かが止めてくれると思った」

「なるほど。偉そうだから味方がいなかった」

「いや、そういうわけではなくて……」

「先輩はすごい努力家だから、自信を持つのは分かるの。ピザーラでも、メニューを丸ごと暗記してた。でも仕事はひとりじゃ回せない。孤立してピザーラを辞めた」

「あれは時給が安かったからだ」

「もうよそうよ、そういう言い訳。いつも気がかりだった。じれったかった。心配で見てられないの。だって……じつはね」

「……じつは？」

升美も、なにかを打ち明けようとしている。

オレも彼女も筋金入りの意地っ張りだ。土俵の上でオレの「じつは」と彼女の「じつは」が見合って見合って、なかなか立ち上がらない。

学生時代、升美はよくオレのアパートに遊びに来た。オレに彼女がいる時期も、升美に彼氏がいる期間も、長く一緒に過ごした。ベランダに簡易コンロを置いて焼肉をし、だらだらと酒を飲み、冗談ばかりを交わした。

トランプやオセロはしなかった。オレも升美も負けると不機嫌になり、勝つまでやめないので徹夜になるからだ。

慶應を出たオレは都心の大手企業に就職した。

二年後、升美が卒業した。母校で教師になることを決めていた。帰郷する最後の夜は、東京を青森にするような勢いの雪が降った。

黙々と酒を飲んだ。互いの気持ちは明白だった。ただ、相手に告白させたかった。負けず嫌い。

どうあっても傷つきたくない、根拠のないプライド。

二人はそっくりだ。

夜半。うたた寝をするオレの唇に、升美の唇が重ねられた。オレの勝ちが近い。もう一回来たら抱き寄せて、意外そうな表情を装って、

「お前、そうだったのか？」

そう笑うのだ。

しかし昼は二度と来なかった。オレから行くのは悔しい。

寝返りを打ってガラス窓の結露を拭《ぬぐ》うと、雪はますます激しい。それが、升美と過ごした最後の時間になった。五年前のことだ。

……オレは馬鹿なのか？

恋は勝ち負けじゃない。

オレは彼女との再会をこうも待ちわびていたのだと、再会してみて思い知ったし、升美もたぶんそうだ。彼女が「じつは」と告げかけたのは、そういうことではないか。二人とも視線を泳がせ、時折絡むごとに、確信が深まる。

そうこうしているうちに部屋の熱量が下がり、オレの「じつは」と彼女の「じつは」が引き分けていく。「じつは」と「じつは」が遠ざかる。

オレはハーブティーを口に運び、升美も口をつける。

「……冷めちゃったな」

オレのつぶやきに、升美は微苦笑して頷いた。

「うん。冷めちゃったね」

升美を五反田駅まで送った。未練がましく、オレと升美はゆっくり歩いた。

「じゃあ先輩。明日——最終日も安全運転、よろしく」

オレの唇が歪んだのに、升美は気づいたろうか。

彼女を見送って、オレはオレに腹を立てた。どうにももどかしい。運転手が恥ずかしいのではない。運転手なんかと卑屈になる自分がみっともない。それが現今のオレなのに。田舎の馬鹿高校だけど、升美はそこで役割を果たしていた。オレの部屋で、「私の生徒なの！」と叫んだ瞳は真摯《しんし》だった。彼らの明日や明後日を案じている。子供たちを守っているせいか、彼女は強さだけでなく、前よりも優しさを膨らませていた。硬いだけのものは脆い。オレが、そうだ。

雑踏に紛れて、もう升美の姿は見えない。大事な背中を見失い、どうでもいい衆人ばかりが蠢いている。これが、明後日からのオレが見る景色だ。

タバコをくわえて火を点けた。

足元がぐらりと揺れる。恐らくニコチンのせいだ。

夕方、オレは御《お》徒町《かちまち》駅に降り立った。夏風《なつかぜ》先輩に会うためだ。

升美を送った後、衝動的に夏風先輩に「会いたい」という電話をかけた。なぜ会いたいのかはオレにも判然としなかった。

オレはひとりで歩き回った。どの道をどの方向に歩いているのか分からないほど、自身だけを見つめながら。

二年前、辞表を叩きつけたのは、「きみは要《かなめ》の人間なんだ」「お前は必要な人材なのだ」と引き止めてもらいたかったからだ。あの朝のオレに、辞表をリトマス試験紙にするなと教えてやりたい。

仕事で付き合いのあった他社から誘われるだろうと目論《もくろ》んでいたが、三ヶ月待っても電話やメールは来なかった。広告や営業関連への再就職活動は避けた。企業のランクが落ちるのが自明だし、なにより、そんな会社にさえ拒まれたらいたたまれない。

自分が間違っていると認めるよりも、世間が変だと捉えた方が尊厳は傷つかない。

オレ以外は全員馬鹿だ。

オレは放電の予定がないのに充電と称す旅をして貯えや失業手当を食い潰した。現実から目を背けたくてしりとり読書を始め、意識を濁らせるためのタバコを覚えた。挙句に流れ着いたのが、五反田の黴《かび》臭い三畳間と観光バスの運転手だった。

歩き回るうちに、夏風先輩に会う目的が朧《おぼろ》に浮かんできた。いや……電話した時点から観念していたのだ。劣等感を抱えたままでは、升美と対等に向き合えない。升美は大人になっている。オレを遥かに凌いで。

居酒屋のカウンターに並んで座った夏風先輩は大学の先輩だ。日本中に工場や営業所を有する食品加工会社に勤務している。オレに友人は少なかったが、笑顔がデフォルトの夏風先輩はたいてい付き合ってくれた。

「久しぶりだな、水野尾。うまくいってんのか、お前の会社は？」

「……じつは……あの……嘘なんです」

ポカンとする夏風先輩に、オレは一息に告白した。

「友だちと起業したって言ったのは、嘘でした。起業のために会社を辞めたっていうのも嘘です。体《てい》よく追い出されたのが実情です。つまらない見栄ばかり張っていました」

「……水野尾？」

「差し当たっては観光バスの運転手をしています。でもこのままじゃおさまらない。もういっぺん、自分を活かしてみたい。……どっか……どうにか、なりませんかね」

夏風先輩の瞳は驚きと好奇心に占められていた。

「どっか、ありませんかね……再就職先」

夏風先輩はしばらく口をつぐんでいたが、やおら、さらに笑みを広げて述べた。

「去年だったかな。お前、言ったよな。いつまで会社に犬みたいに使われてるんですかって。俺、ヘラヘラしてたけどさ、飲み屋の便所に入って便器蹴飛ばしたんだ。何回も。足が壊れるんじゃないかってぐらい」

知らなかった。

「お前、言ったよな。やっすい餌もらってしっぽ振って愛嬌ふりまいてお手してお回りして、先輩恥ずかしくないんですかって」

顔から血の気が引いていくのを感じた。

「そう嗤ったお前が、ボクモ犬ニナリタイデスって話か。面白いよ、最高だよ。……水野尾、さっき言ったな。もういっぺん自分を活かしてみたいって」

オレが頷く前に、夏凪先輩は笑顔のまま怒声を発した。

「傲慢なんだよお前は！　もう一回チャンスがほしいんですって言えよ。自分を活かしてみたいって、何様《なにさま》だ⁉　馬鹿かお前は！　それは活かすモノを持ってる奴の台詞だ。お前程度はゴロゴロいるぞ。俺もお前も石ころなんだよ、宝石や星じゃない。ただの石じゃ誰も相手にしない。俺の靴舐めてみろよ。土下座してみろよ。一発殴らせろよ。女をあてがえよ。そういう石なら、使い道もある」

頭の中が空白だった。

夏凪先輩は冷酒を飲み干すと、相変わらずの笑みを浮かべたまま、静かにつぶやいた。

「やっと、だな」

「……は？」

「初めて水野尾に頼られた。お前、今夜、よく来てくれたなあ。俺、待ってたんだよ。この二年、ずっとお前を待っていたんだ。誰だって、手前が石ころや飼い犬だとは考えたくない。でもさ、そこからしか始まらない。……今夜、俺に頭を下げたことを忘れるな。それだけ忘れなければ、大丈夫だよ」

夏風先輩が鼻をすすった。

「水野尾。……お前、よく俺に会いに来てくれたなあ」

オレは言葉を失った。

夏風先輩の目には、うっすらと涙が浮かんでいた。

いつも、どこでも、オレはなんにも見ていなかったのだ。

升美へ

お前が昼間訪れた三畳間で、この手紙を書いています。

明日の早朝、サンプラザホテル上野広小路のフロントに預けておくので、お前がこれを読むのは、オレが運転しているバスの中かもしれない。

報告がある。

運転手稼業にも飽きてきて、中途入社することになりそうだ。学生の頃に飲み会で紹介した夏風先輩を覚えているか？　彼から電話をもらって、この夏から開業する支社で営業をしてほしいと誘われたんだ。


……ええと。


訂正しないまま、事実を書くよ。

夏風先輩から電話はなかった。オレが頼みに行ったんだ。先輩は、「水野尾のキャリアなら問題ない。おまけに青森出身なら地縁もある。明日、部長に話を通す」と約束してくれた。開業を控えた支社って、青森支社だったんだよ。

東京から離れることは、それこそ都落ちで、オレは煩悶したけど、結局、「よろしくお願いします」って頭を下げた。

日本の中心で身につけたスキルやノウハウで故郷に恩返しできるなら、これほど嬉しいことはない。

……ええと。

訂正しないまま、本当を書くよ。

オレは、お前のそばにいたい。同じ県。同じ町。できれば同じ部屋。同じところにいたい。ずっとそうだったんだよ。

お前がアオッパラに就職してからの五年、何人かの女と付き合ったけど、うまくいかなかった。理由は必ず同じだった。彼女たちは、お前じゃなかった。

お前に彼氏がいるのかどうかさえ、オレは知らない。

もしかして婚約者がいて、この手紙に困惑しているかもしれないな。

あのね。

高倉健っていう役者が亡くなった時、テレビで『幸福の黄色いハンカチ』っていう映画を流していた。あの手法でいこう。

長い刑期を終えて刑務所を出た男が妻に、「もしまだオレを待っていてくれるなら、家の物干しに黄色いハンカチを結んでおいてくれ。ハンカチがなければオレは立ち去って、二度ときみの前には現れない」っていう葉書を出すところから始まるストーリーだ。

あれはじつに合理的だ。明日の夕方、空港でお前たちを降ろす。オレはお前の背中を見ている。もしオレと向き合ってみたいと考えたら、黄色いハンカチを振ってくれないか？　黄色いハンカチを目にできなかった場合は、潔く諦める。

オレは、そうする。

それじゃ、明日。……もう、今日か。

安全運転を心がけるよ。

水野尾彰

三泊四日の修学旅行の最後の朝は、緊張からタバコを五本も吸った。鹿に似たバスガイドは、オレが運転席に乗り込む際、臭そうに顔を歪めた。

生徒たちと一緒に升美が乗って来た。オレと視線を合わせず、早々に腰掛け、引率者手引きを確認している。

「おはようございます」

そう挨拶してきた生徒を見上げて、奇異を覚えた。有紀という女生徒だ。昨日までは不機嫌だったり、あるいは目が死んで無表情だった。『リアル人生見学』の後、なにかいいことでもあったのか？　面差しが温順だ。なんの縁《ゆかり》もない娘だが、オレの気持ちが少し潤った。

それにしても、升美は手紙を読んだのか？　激しく気になる。気にしながら、寝不足で充血した目を掌《てのひら》で揉む。

オレは彼女の視線が注がれているかもしれない背中を意識しながらアクセルを踏み、ハンドルを握った。上野公園からお台場でのショッピングタイムを経て、羽田空港を目指す。

東京湾が赤い光に包まれ始めている。

「三泊四日の修学旅行、みなさまお疲れさまでした。お家に着くまでが修学旅行。お土産やお土産話以上に、元気なみなさんをお家の方たちに届けてあげてくださいね」

鹿が喋る中、バスは第一旅客ターミナルに滑り込んだ。

「お世話になりました」

升美がよそよそしい声をかけてバスを降り、生徒たちが従う。

オレはただ、升美の背中だけを追っていた。彼女はどういう振る舞いをするだろう。このまま立ち去る可能性もある。それともバッグから、お台場あたりで調達した百枚ほどの黄色いハンカチを空に舞わせるかもしれない。

次の瞬間。

升美がハンカチを取り出して額の汗を押さえた。ハンカチの色は黄ではなく、紺色だった。

それが答えなのか？

凝然とした時、升美はくるりと振り返った。周辺には、小柄な女の添乗員が振る旗に向かう生徒がたくさんいる。そういう状況で、彼女は舞台俳優のような大音声を発した。

「これから、進路指導をします！」

生徒たちも、もちろんオレも、升美を見つめた。

升美はオレを見据えている。

「私は、先輩が青森に戻って来ることを知って、泣きました。嬉しくて、すごく泣きました。なぜなら私は、この子たちの年頃から、ずっと先輩を好きだったからです」

生徒たちがざわめき、中にはスマホで升美を撮り始めた者もいる。たぶん動画だ。

「ずいぶん時間が経ってしまいました。欲しいものは欲しいと言うべきでした。拒まれた際の傷など恐れずに。転んだ時の痛みなど考えずに。先輩は手紙で、駄目だった場合に二人ができるだけ傷つかない方法で私に告白をしました。そのレールに乗ったのでは女がすたります」

　は？

「昨日までは先に打ち明けた方が負けという勝負をしてきました。でもいまは、より力強く告った方が勝ちという、新たな闘いです」

オレは愕然《がくぜん》とした。どこまで負けず嫌いなのか。

「私は、いつも進路を指導している教え子たちの前で、私自身の進路を発表します。私は先輩が好きです。会えなかった期間に私の多くは変わりました。捨てたものも、生まれたものも、たくさんあります。でも、なぜだかこの気持ちだけは悔しいほどに……。私の進路と針路は、十七歳から先輩です。気持ちはハンカチではなく、大きな声で伝えます。赤恥をかき、喉を嗄らしながら、私は伝えます。──私は先輩が大好きです」

途中からは何度も声を詰まらせ、涙の粒をいくつも落とした。囃していた生徒たちも、升美が「うぐ、うぐ、うっ」としゃくり上げ始めると静まり返った。

「うぐぐぐ、私は、ううう、先輩が、うお、うお、うお、大好きです。おおお、ぐうぉう、好き過ぎです。……以上！」

升美は身を翻して、早足でターミナルに向かい始めた。

口をあんぐり開けて立ち尽くしている鹿のバスガイドを肩でどかしながら、オレはよろける足でバスから降りた。追う必要はない。オレが三畳間を引き払う来週には、青森で向き合っている。

完敗だった。

オレは告白の手段まで姑息《こそく》で、己を守ることばかり心がけていた。なにが黄色いハンカチだ。升美はオレの薄っぺらなプライドまで、しっかと指導した。アオッパラの生徒たちが去り、静けさと日暮れの空気が広がる中、バスにもたれてタバコを唇にはさんだ。火を点けようとして、途中でやめた。今度こそ禁煙しようと思料したのではない。もう必要がないと感じたからだ。

ふいに、知る。

生きていてよかった。

第4章　成仏志願

まだとても寒い時期だった。

雨宮さんに連れられて青森県立青森東北原高校を訪ねた。六月の修学旅行の打ち合わせだ。

私が名刺を出すと、大半の人は、

「ほう。沖縄の方ですか」

と漏らす。

普天間夕子。

沖縄ならではの姓だ。

二十歳を過ぎたばかりの沖縄の女が、なぜ大手旅行会社の青森支社で添乗員をしているのか？　必ず質問されて、私は毎回こう答える。

「苦手なんです。暑いところが」

もちろん冗談だ。私があの島から離れていたい事由を、私は生涯、話さないだろう。

短時間の顔合わせだったが、グッタリするほど疲れた。雨宮さんはもちろん、支社長や幹部からも、ぜったいにミスや粗相がないようにと、この添乗が決まった当初から何度も言われていたからだ。

百五十人以上が旅をする修学旅行は、客単価は安いが貴重な大口旅客だ。青森市の場合、うちとＪＴＢが交代で受注する流れができている。問題を起こして他社に奪われるのは痛い。

雨宮さんは東北原高校の卒業生で、社内ではパイプ入社と揶揄されている。東北原高校との関係を保つためのパイプ。実際、雨宮さんは仕事ができず、三十を過ぎた男なのに歯のホワイトニングやスキンケア、髪型やスーツにこだわる以外は取り柄がないと、女子社員たちは囁き交わしている。

「パイプ入社。なるほど」私は感じ入った。大人社会の権謀術数《けんぼうじゅつすう》は蜘蛛の巣のように複雑で、一桁の足し算のように単純だ。

神経の細そうな大西洋和教頭。一組担任の気高い雰囲気の中島升美先生。二組担任の大人の情感を醸し出す畑香織先生。三組担任の、どうもやる気の窺えない廣田孝太郎先生。四組担任の、まだ大学生の空気を纏った山下みずほ先生。斜に構えて全体を俯瞰《ふかん》している保健の波雫朝先生。

教諭たちの氏名を覚えながら、私は注意深くひとりひとりを観察し、ひそかに安堵した。

私の仲間はいない様子だ。

東京の専門学校を出て、就職して一年。酸ケ湯《すかゆ》温泉日帰りツアーや、ねぶた観光のご案内を担当したことはあるけれど、遠方への宿泊旅行は初めてだ。ツアコンを目標にしたのは、笑顔に接する仕事をしたかったのと、できるだけ遠くへ行きたかったからだ。沖縄で私の体内に注ぎ込まれたものから、なるべく遠くへ。

出発の機内ではクラッカー騒動が起き、飛行機は何度もターミナルビルと滑走路を往復した。東京に到着早々、私立函館学園の修学旅行生がひとり紛れ込んでいる事案が発覚し、善後策に追われた。

それでも私は暢気だった。誘導や案内はするものの、点呼などの要は先生方の役目だし、先輩の雨宮さんがいる。目印の旗を掲げて歩きながら、生徒たちの声や空気に包まれるのは心弾むことだった。私だって、三年前まで高校生だったのだ。

鎌倉各所で、私は目撃した。

矢に頭を貫かれた落武者。片手と片腕を失って息絶えている婢女《はしため》。血まみれで虚空を見つめる童子《わらし》。自己の腹を掻っ捌いて伏している武士。総身を膾《なます》に叩かれたのか、純白の襦袢《じゆばん》に鮮血の花模様を散らした姫君。誰もが怨みの露わな形相だった。

私には霊が見える。蒸気のようにぼんやり漂っていることもあるし、生きている人と見分けがつかない場合もある。

十三歳の折、旧暦七月に行われるシヌグの祭りの夜に気がおかしくなり、我に返った朝には見えるようになっていた。三年前に死んだじいちゃんが、ガジュマルの枝に座って私に微笑みかけていた。

今回の修学旅行に添乗して、この能力が開かれてから初めて、「恐い」と感じた。鎌倉は古戦場で、そういう町に来るのは初めてだった。かくも多くの魂が這いずり回っているとは予測していなかった。右も左も上下も霊。道端でもトイレの個室でも、彼らは私に、覚悟はおろか泣き叫ぶ暇もなく絶たれた怨みを訴えてくる……。

飛行機が遅れた分、見学時間をこまめにやりくりし、当初の予定通りに新江ノ島水族館に到着した。安堵と疲労が一気に押し寄せてきた私の鼻孔に、コロンの香りが忍び込む。「はっ」と気づくと、雨宮さんが斜め後ろから私に密着していた。

「顔色悪いよ。バスで座ってたら？」

案じてくれるのはありがたいが、囁きながら耳に息を吹きかけるのは許してほしい。雨宮さんはミントの香りの呼気とともにつづける。

「大丈夫？　白いよ、顔」

「すみません、寝不足なだけです。もう平気です」

「見直したよ、普天間さん。よくやってくれている」

「いえ、そんなことは……」

「青森帰ったら、打ち上げ行かない？　二人で。本当に頑張ってくれてるからね。正直、意外。経験的に、きれいなコは使えないと思ってたんだ」

　私の肩を叩いて、というか撫でて、館内に入って行った。新人狙いだと支社の女子社員が陰口を叩いていたのは、こういう素行だったのか。

　新鮮な空気を肺に入れたくて、私は浜に出た。

「あれ？」

　升美先生と、たしか一号車の運転手さんが石段に並んでお喋りをしている。運転手さんは無精髭《ひげ》が似合うなかなかのイケメンだ。

　二人を避けて海に歩き出そうとした私の右腕が、いきなり軽くなった。私は小柄だが、私よりもさらに背の低い男の子が、資料をぎっちり押し込んだ書類鞄を持ってくれていた。

「あ。いいんですよ」

「へーキ」

　笑う顔に愛嬌がある。くりんとした目と赤い頬。

私はつい尋ねていた。

「あなたは、何組？」

「三組。出席番号八番。岡本太壱《おかもとたいち》だよ」

太壱くんは急に声を潜めて私に質問した。

「あのね」

「なに？」

「さっきの不自然に歯の白い男の人と、二人でお酒を飲みに行くの？」

私は噴き出した。見られていたんだ。

私は大げさに顔をしかめて、首を振って見せた。太壱くんが心から安堵した表情を浮かべるので、可笑しくなった。

「でも行っちゃおうかなあ。私のこと、きれいって言ってくれた」

「そんなの、嘘だよ」

「じゃあ私、ブスなの？」

「いや……そうじゃなくて……」

十七歳の男の子をからかっては罰が当たる。

私は、

「冗談ですよ。行くわけないじゃない」

破顔して、太壱くんを安心させた。

太壱くんは照れたように海に目をやり、飛砂が入ったのか、制服の腕で目をゴシゴシとこすっている。私が差し出した目薬を遠慮しながら受け取った。

「どうも、ありがとう」

そのまま真っ直ぐ大きくなれよと、私はお姉さんぶって考えていた。

最初の夜は江の島だ。弁天橋を渡ってすぐの磯波旅館に泊まる。

生徒たちの夕食はふたつの大広間を使い、先生方は八畳間に集め、生徒よりも数千円高い会席料理を召し上がっていただいた。差額はもちろん旅行社が持つ。今後もよろしくお願いしますという露骨な接待だが、腹に収めてしまえば証拠は残らない。

私は不慣れながら酌でもしようかとビール瓶を探したが、席にはビールも酒もない。教師全員が下戸だとは考えにくい。お茶や水だけの宴席は不自然だ。

後で廊下で、雨宮さんから事情を聞いて呆れた。夕飯とはいえ、生徒を預かる勤務中。酒を飲むなど言語道断という風潮が、父母やマスコミには強いのだという。

十数年前、横浜の公立校の教師が修学旅行の引率中、ロビーの自販機でビールを買って自室で寝酒にした。それがなぜかＰＴＡに露見して騒動になり、懲戒免職になるという事件があった。以降、先生方はみんなピリピリしているそうだ。

「俺らの時代は、先生たち酒飲んでさ。いつも四角四面な古文の先生がダジャレを連発したり、英語の美人教師が恋人いないのなんてみんなを騒がせたり。ああ、大人にもいろんな顔があるんだなって知った。そういうことも学びだと考えるんだけどね、俺は」

この件に関しては、雨宮さんに全面的に賛成だ。

そして私は、早々に自室に引き上げて緊張している。この旅館には、客室にセーフティ・ボックスがない。食事時に生徒や教師たちから貴重品を集め、旅館からお借りした金庫に収めた。高さが私の膝まである大きな金庫を、今夜は私の部屋の床の間に置いておくのだ。

日報を記入していると、戸口でカタリと音がした。

「……誰？」

「こんばんは」

律儀な挨拶をして顔を覗かせたのは太壱くんで、身を固くしていた私はホッとした。

「太壱くん。……どうしたの？」

「ちょびっと、探検」

「もうすぐ消灯だよ」

私は彼を手招きして近くに座らせ、秘密めかして教えた。

「宝物があるの」

「……え？」

「明日からのホテルには部屋にセーフティ・ボックスがあるけど、ここにはない。その金庫には、みんなの貴重品が入っているの。お財布とか。お小遣いがひとり五万円として、百六十名近いから……」

太壱くんは指を折って数えるが、計算が苦手なようだ。

「八百万円」

「――八百万円⁉」

「人が人を殺す金額なのよ、八百万っていうお金は。以前、帳場に預けたら従業員が持ち逃げしたんだって。それからは添乗員が預かるようになったの」

「……僕が、いた方がいい」

頬を強ばらせて金庫を背にして座るので、私は愉快になった。太壱くんの仕草は愛くるしくて、人を惹きつける。

「ねえ太壱くん。幽霊って、信じる？」

「……信じないよ、そんなものは」

「私も信じてるわけじゃないの。でも、否定はできないと思うんだ」

あまねく霊を見てしまう特質は隠しながら、私は太壱くんを恐がらせて楽しみ始めた。

「今日ねえ、幽霊にストーカーされたんだよ」

太壱くんは「ふうん」と聞き流すふりをしているけど、かすかに青ざめている。可愛い。

「鶴岡八幡宮でも、長谷寺でも、七里ヶ浜でも、いつもその人がいた。中年の男性なの。濃いサングラスをかけて、私をじいっと見てた」

実際、その霊は神出鬼没で、気づくと付いて来ていた。私になにかを訴えたかったのだろうか？　霊魂と対面した経験は数限りないけれど、付きまとわれたのは初めてだった。

「ここにも現れるかもしれないね」

太壱くんは身をすくませる。やおら本音を吐いた。

「……恐いなあ」

「守ってくれないの？」

「恐いよ、幽霊は」

「男の子なのに恐いの？」

「だって、幽霊はどうしたって幽霊だもの」

私は小さく噴き出した。

もっとお喋りをしたくなった。

「どう？　召し上がれ」

お菓子を勧めて、太壱くんのつぶらな瞳を覗き込んだ。

沖縄の海は絵の具を溶かしたようにカラフルで、青森は青黒い。鎌倉の大洋はお日さまを反射して鈍色《にびいろ》だった。

バスが海を離れて高速に乗ると、霊の姿が減り、やがて絶え、私は息苦しさから解き放たれた。

二日目は東京見学だ。二年間の専門学校生活を過ごし、バイトや不器用なデートの思い出がある新宿界隈を歩きたかったけど、修学旅行で訪ねるのは、どうしたって国会議事堂や雷門になる。

東京スカイツリーの前で、クラスごとの集合写真を撮った。気合を入れてリップを塗り直している女子の騒ぎ声が懐かしい。

升美先生を中心に、一組が撮る。

入れ替わって、香織先生の二組。函館から来て迷い込んでしまった大場健一郎という生徒もちゃっかり並んでいる。

私のかたわらに太壱くんが来た。

ふと疑問を抱いた。太壱くんは何組だったっけ？

写真を撮られた一組と二組の中にはいなかったし、いまカメラの前に整列している三組にも入っていない。私は四組の四号車に乗車しているが、バスの中で見かけた覚えがない。

「ねえ太壱くん。きみは……」

訊こうとした時、私は凍りついた。

カメラの前で生徒たちと並んだ廣田先生が、鞄から大きな写真を取り出した。額縁に入れられた太壱くんの写真だ。黒い枠。遺影だ。

私は数歩前に出て、我知らず声を発していた。

「廣田先生。その生徒さんは……？」

廣田先生が物寂しそうに微笑んだ。

「岡本太壱といいます。……この春……交通事故で」

……は？

「我々もショックでしたが……気の毒なのは、お父さんです。息子さんの死を受け容れられない。修学旅行の生徒たちの中にいるんじゃないかって。ほら……タクシーで、ずっと付いて来られている」

私は廣田先生の視線を追って、慄然《りつぜん》とした。

離れたところに、私がストーカー幽霊だと勘違いした中年男が立っている。黒いサングラス。目を凝らすと白い杖をついている。彼は盲人らしい。集合写真を撮る生徒たちの華やいだ声に耳を傾けて、静々と微笑している。

霊などではない。数ヶ月前に不慮の事故で亡くなった子供の面影を追う父親だった。

私は、さっきの場所でニコニコしている太壱くんに駆け寄った。

「昨夜、幽霊恐いとか言ってたよね。なにそれ？　あんたが幽霊なんじゃない」

太壱くんは、「えへへ」と頭を掻いた。

「えへへじゃないのよ。きみ、どういうつもりなの⁉」

気配を感じて、口をつぐんだ。虚空に向かって話しかけている私を、雨宮さんが訝しそうに眺めている。初めから、太壱くんは私にしか見えていなかったのだ。

「し……失礼します」

引きつった笑いで雨宮さんを誤魔化して、私は建物の陰に向かった。トコトコと付いて来た太壱くんに向き直る。

私は、つらいけれど伝えなければならないことを口にした。

「なにを迷ってるの？　早く成仏しなさい」

「……うん」

「すぐに成仏するのよ。……悪いけど、もう太壱くんとは口をきかない」

「え？」

「私ね、私のことが大嫌いなの。見える私が憎いんだよ。だから太壱くんをスルーする。視界に入っても、見えない、見ないで通す」

「いやだよ、そんなの」

「私から離れていて。私に話しかけないで。……成仏するのよ。さよなら」

バスに向かって、歩き始めた。

背中を見つめているであろう太壱くんを、振り返ることはしなかった。これ以上私を痛めつけたくない。いま以上に自身を嫌いになりたくない。だから私は、断固として振り向かなかった。

その夜は、サンプラザホテル上野広小路に投宿した。学年主任の香織先生ら数人を連れて数ヶ月前に下見に訪れた雨宮さんが、「お化けが出そうなボロホテルだよ」と嘆いていたのを記憶している。現にお化けが同行している。

これも雨宮さんから聞いた話だが、数年前、このホテルの非常階段で深夜にはしゃいでいた関西の修学旅行生が転落して足を骨折する事故があったという。私と先生たちは、ホテルが非常口の外側に用意しているレンガのブロックを立て、夜中に生徒が忍び出れば大きな音がするよう細工をして回った。音が教師たちに届かなくても、子供たちを狼狽《ろうばい》させれば十分。事故だけでなく、幾組かいるカップルの暴走を防ぐのにも有益だろう。

扉の前にレンガをふたつ積んで、下に目をやり、息を呑んだ。

サングラス。

薄闇の路地。白い杖で足元を探り、サングラスを着けた顔を上向け、彼はこのホテルの気配を全身で受け止めていた。

ここは貸し切りだから、近所に宿を取ったのか。息子が楽しみにしていた旅に同行する父親の胸中が、分かるようで摑めない。太一くんが成仏できないように、お父さんも突然の死を受け止めかねているのだろう。

——私には関係のない話だ。

私は二人を気にする自身を断ち切るように非常口の扉を閉めて、佇む父親を心から追い出そうと努めた。

食事時にテーブル上の塩をティッシュに取り、「太壱くんごめんね」と心中で詫びながら、私の部屋の前にまいた。太壱くんが、もう入って来られないように。

翌朝、生徒たちは隊ごとに自主研修に出発して行った。ディズニーランドを楽しみにしている子たち、志望大学を見て回る男子たち、謎の『犬並み家の一族』オフ会、そしてどういうわけだか一号車の運転手が案内する『リアル人生見学』。

みんなが各方面へと出発した後、先生たちは午前と午後を外出とホテル待機で分担していた。雨宮さんは当然のように出掛けてしまったので、私は丸一日留守番になった。

ガランとしたロビーで日報を書いていると、気配を感じた。いつの間にか、太壱くんがそばに腰掛けている。私はことさらに無視をして、書類にペンを走らせた。

「じつはね」

太壱くんがつぶやいた。

「じつはね……。未練があるから、成仏できないんだ」

私は一途に聞こえないふりを継続する。

「お母さんは、十年前に死んだ。お父さんは目が見えない。お父さんはマッサージのお仕事をしている。市内のホテルや旅館を回るから、帰りはとても遅い。僕は布団の中にいるけど、アパートに近づいてくる杖の音で分かる。お父さんが、帰って来た」

太壱くん、もう黙って。

「お父さんは、冷蔵庫からビールを出して、飲む。寝ている僕の顔を見ながら」

「見ながらって……？」

つい尋ねてしまった。

「僕の顔を指で撫でる。指が目なんだ」

雪がちらつく凍えそうな夜。部屋の窓は蒸気で曇っている。横たわった倅の顔をそっと撫でながら缶ビールを口に運ぶ。父子の時間が、私の脳裏にありありと浮かぶ。ストーブの灯油の匂いまで。

「お父さんは、すごく美味《おい》しそうに、ビールを一本だけ。……それが、お父さんの一番の楽しみなんだ」

「ねえ」

私は遮った。

「もう、やめて」

私は霊ではなく、私のために生きなくてはならない。

「知らないよ、太壱くんのお父さんとか未練とか。自分でなんとかしなよ。私に関係ないじゃない」

太壱くんがあんまり淋しい形相なので、私はこれまで誰にも話さなかったことを告白するしかなかった。

「じつはね。……私のおばあちゃん、ユタなの。ユタって、沖縄の霊能者なんだよ」

ユタは集落で普通の娘として生まれ育つが、十代のある時期、気がおかしくなる。歌を唄いながら大小便を垂れ流して何ヶ月も野山を彷徨《さまよ》ったり、大勢の男に肉体を好きにさせたり、迫り来る幻影に脅え、恐怖で首を吊った者もいる。

ある日、スーと正気に戻ると、彼女はユタになっている。土地や先祖の霊と現今の生活を読み、人々に道を示し、悪霊を祓う。沖縄の生活には欠かせない指針で、ある家に凶事がつづくと、「ユタ不足ではないか」と詰《なじ》られるほど暮らしに密着している。

私のおばあちゃんは、ユタの中でも卓越した存在だ。祖霊、死霊、精霊だけでなく生き霊が見え、さらに人の心があからさまに読める。

おばあちゃんが子供だった頃、子だくさんで生活が厳しいからひとりぐらいいなくならないかと両親は考えていた。この子が余計だと思いながら、おばあちゃんを見たという。

娘時代、男たちが彼女にどんな妄想を抱いたか。脳裏でいかに陵辱したか。

祖父は何回おばあちゃんを裏切ったか。

近在の人々はユタを崇めながら、心の中では異形の者として気味悪がっている。

私は太壱くんに語った。

「変な力を持っちゃったせいで、おばあちゃんは見たくないことや知りたくないことばかり目の当たりにして傷ついたんだって。苦しんで苦しんで生きてきたって。……私には同じ血が流れている。だから太壱くんが見える。私、私が大嫌いだよ」

涙が溢れそうになるのを堪えながら、つづけた。

「高校を出る頃、おばあちゃんがずっと年金を貯めてたお金、くれたの。遠くへ行けって。島から離れれば、いつかは変な力も消えるかもしれない。だから遠くへ……。孫は私ひとりなのに。私がいないと淋しくなるのに。それでもおばあちゃん、ここを出てけって……。だから太壱くん。ごめんね」

太壱くんは返事をするかわりに泣いていた。孫のために心を殺したおばあちゃんの胸中に思いを馳せているらしい。優しい子なのだ。

太壱くんはひとしきり肩を震わせていた。

「太壱くん。……早く成仏しなね。応援してるから」

「うん。……僕、頑張ります」


「普天間さん、どうしよう⁉」

いつも先輩ぶる雨宮さんが周章狼狽していた。私も同様だ。

門限の六時を大分過ぎても自主研修から帰って来ない生徒が五人もいた。宅配便の業者さんで混雑するロビーで、先生方は青森の校長に、親御さんに、警察に手分けして電話をかける。普段やる気のない廣田先生さえ急ぎ足だった。

間違って参加してしまった函館学園の大場健一郎くんを混じえた男子三人は、八時を三十分ほど過ぎた頃に戻って来た。電車を間違えたり携帯の充電が切れたり、ささいな問題が連鎖した結果だったらしい。

廣田先生が残りの二人を連れて帰宿したのは、日付が変わる頃だった。一組の梨本貴延くんはロン毛の美少年。同じく一組の倉田有紀さんはきれいな上、いかにも聡明な印象だ。ワルっぽい子たちではないのが意外だった。

二人がなぜ遅くなったのかは、私と雨宮さんには知らされなかった。

「こいつらにも、プライバシーがありますから」

廣田先生はそうつぶやいて、「迷惑をかけました」と私たちに頭を下げた。

生徒全員が帰って来た際、崩れ落ちそうになったのは大西教頭だ。心配性で神経質。苛立つと顔にチックが出る。こういう性分で教頭という要職につき、大勢の十代を監督するのはきついだろうなと、私はひそかに同情した。

さあ寝るぞと自室に引き上げた。

金属製の無愛想な扉を開けて、困惑した。

ひとつしかないベッドで毛布にくるまっているのは太壱くんだ。寝息を立てている。今夜は塩をまき忘れていた。

私は太壱くんのかたわらに立った。

肩を揺すって起こそうと身を屈めた。

——その瞬間、一切が見えた。

細大漏らさず、太壱くんの気持ちを知った。

私はベッドから離れた。

迷う時間は短かった。

私は備え付けの冷蔵庫から缶ビールを一本取り出して、戸口に向かった。照明が落とされた無人のロビーを横切り、表に出た。誰に案内されなくても、道は分かった。角をふたつ曲がると小さなお稲荷さんがある。

いた。

太壱くんの父親がすり減った石段に座っていた。端然と、静謐《せいひつ》に。

私は、すぐ横に腰を下ろした。

「初めまして。東北原高校の修学旅行の添乗員をしている普天間夕子と申します」

「……岡本です」

「廣田先生から伺いました。太壱くんのこと。……太壱くんは、みんなと修学旅行をしています」

「はい、そうです。……目が見えなくてよかった。心で、見える。あいつは、みんなと旅をしています」

私は静かに切り出した。

「信じてくださらなくて結構です。……じつは……さっき、すべてが見えたんです。太壱くんの未練が」

父親が、初めて不審そうに眉を寄せた。

「交通事故にあった太壱くんは、青森港南病院の集中治療室に入れられて、三日間……。お父さん、枕元で誓ったんですよね？　太壱くんが元気になって退院するまで、お酒は口にしないって願を掛けた」

父親が息を詰めるのが分かった。誰も知らないはずの事柄だった。

「太壱くんは、ずっと幸せだったんです。いつもお父さんに感謝していた。……だから」

部屋から持ってきた缶ビールを、父親に渡した。

「もう我慢しないでほしい。働いたら、一番好きなものを飲んで、寛《くつろ》いでほしい。太壱くんはいつも見ていた。帰宅して嬉しそうにビールを飲むお父さんが大好きだったんです」

父親の瞳に膨らんだ涙が、ゆっくり伝い落ちる。

「もう十分だから、もうありがた過ぎるから、引きずらないでほしい。……それが太壱くんの、たったひとつの未練なんです」

父親はむせび泣いている。

嗚咽《おえつ》を押し殺している。

やがて彼はプルトップを開けて、缶に口を近づけた。それでも、ビールを飲もうとはしない。怪訝そうに見つめる私に、父親がかすれた声で述べた。

「太壱に、伝えてほしい。……男なら、約束は守れと」

「約束?」

「約束したんです。はたちになったら、一緒に飲もうって。……私はもう引きずりません。でも……忘れない」

父親は背中を捻って、缶ビールをお稲荷さんに供えた。

「私は、忘れない」

一陣の風が吹き抜けた。私は気配を感じて立ち上がった。

「……太壱くん?」

ホテルの部屋に戻ると、太壱くんは消えていた。彼が使った毛布が、丁寧に畳んで置いてあった。旅立ったのだ。

私は嵌め殺しの狭い窓から、深夜でも薄明るい東京の空を仰いだ。

「……よかったね、太壱くん」

そして、自分でも思いがけない一言がこぼれ落ちた。

「ありがとう」


翌日の見学は滞りなく進行し、私たちは羽田空港に戻って来た。

大西教頭は、身内に不幸があったとかで急きょ青森に帰ったそうだ。あと一日を残して無念なことだろう。

旗を振って生徒たちを第一旅客ターミナルに誘導していると、一号車の前に立った升美先生が、

「これから、進路指導をします！」

なぜだかバスの運転手に向かって演説を始めていた。見物している時間の余裕はなかった。

私立函館学園から来てしまった健一郎くんに、雨宮さんが手配しておいた函館行きの航空券を渡して急がせる。

ちっちゃな私は背伸びをして、ロビーの生徒たちに大声で伝えた。

「ではみなさん、五時四十五分にここに再集合してください。遠くには行かないでくださいね。あと、間違ってもクラッカーだけは買わないように」

少しウケた。

出発便を表示した大きなモニターの、沖縄便が目に入った。あれに乗れば、数時間後にはおばあちゃんに会える。湿気の多い空気に包まれる。島そばに垂らしたコーレーグースの匂いが蘇って、お腹が鳴る。

私のふるさと。

闇雲に忌避していた血をありがたく思わせてくれたのは、太壱くんとお父さんだ。この話をおばあちゃんに聞かせたい。おばあちゃんに会いたい。次の休みには、三年ぶりに訪ねよう。

私は二の腕から腰へと、自分の身体を撫でてみた。

わずかかもしれない。

ちょっとだけかもしれない。

それでも。

私は私を、愛しく感じ始めていた。

第５章　幸せであるように

始めたばかりの四年前は人の助けを借りたが、馴れると十キロのタンクを自力で背負うのが苦ではなくなる。波の揺れでよろけないよう慎重に歩き、六十フィートのダイビング・クルーザーの後部デッキに立つ。フィンを履き、マスクを装着してレギュレーターをくわえる。

俺は碧海に踏み出し、落下する。

激しい水しぶきとともに、眼下十メートルに花畑のようにサンゴが広がる水底が開ける。BCDのエアを抜き、肺で浮力を調整しながら緩やかに潜降していく。数回、耳を抜いた頃、俺は水底ギリギリに浮遊し、サンゴを住処とする色とりどりの魚たちを間近にしている。テングカワハギが剽軽《ひょうきん》な顔を覗かせた。

身体をひねって上を見る。ベタ凪の海面越しに、目が痛くなるほど眩しい太陽と、ハッキリ形状の分かる入道雲が広がっている。自身が吐いた空気の泡が光り輝きながら上昇していく。

俺はいま、地球の内側にいる。

——ドン、という軽い衝撃で目が覚めた。俺は数秒間、ここがどこなのか摑めない。

「よく寝てましたね。廣田センセイ」

保健の波雫先生が冷笑している。

生徒たちのざわめき。

そうだった。俺は修学旅行の引率をしている。青森空港で睡魔に逆らえず、眠り込んでいるうちに、飛行機はドン、と羽田に着陸したのだ。なんとも気持ちいい夢だった。昨夏、西表《いりおもて》島で潜った際の光景だ。

四年前にダイビングを始めた。まとめて休める夏、沖縄の離島に一週間ほど滞在し、日々、透明度の高い海に潜る。

教師生活は退屈で、生徒が入れ替わるだけでひたすら同じ季節行事がくり返される。覚えたばかりの蒼海の中はすべてが新鮮だ。毎回、「生きている」ことを実感できる。

五週間後の終業式を、俺は指折り数えて待っている。今夏の目的地は宮古島だ。地形ポイントが多い水中だけでなく、ボート上で知り合うかもしれない女たちにも期待が募る。

機内の通路で前に立った四組のみずほ先生が、学生っぽさの残る華やいだ声をかけてきた。

「クラッカーにはびっくりでしたね。いつ出発できるんだろうって、ハラハラしちゃいましたよ」

俺にはクラッカーの意味が不明だった。寝ている間に生徒が問題を起こしたのか？　みずほ先生には、ひとまず適当な笑みを返しておいた。世の中の大半のことは、右から左に受け流していれば済むのだ。

三号車が空港から高速へと走り出した。

東北原高校の修学旅行は毎回鎌倉と東京だ。見学地も泊まる宿もだいたい同じ。修学旅行の引率は四回目になる。楽しみなのは東京泊の深夜にホテルを抜け出して会いに行く美由紀《みゆき》との会話だけだ。

猪狩《いがり》美由紀。

彼女とのことを追想しようとした刹那、歌が流れてきた。

　幸せであるように心で祈ってる
　幸せであるように心で祈ってる

懐かし過ぎる。

後ろを向くと、結真実がｉＰｈｏｎｅのスピーカーを耳にくっつけて聴いている。成績は悪いがセンスのいい女子。県大会で金賞をもらった彼女の、春の色は酒が云々《うんぬん》とかいう習字は、新種のデザインを想わせてなかなかだった。

視線に気づいた結真実に、俺は告げた。

「ボリューム、上げろよ」

彼女は一瞬、意外そうな表情を見せたが、素直に音量を上げた。我知らず、俺は口ずさんでいた。

　幸せであるように心で祈ってる
　幸せであるように心で祈ってる
　別れはつらくて　それでも愛しあって
　涙がかれたら疲れて眠ろう
　君の涙を　涙を　お皿に集めて
　全部飲みほしたら　すべて許されるかも

美由紀の面影が漂う。俺と彼女は列車に揺られていた。窓の外で冷たそうに咆哮していた海は陸奥湾だったろうか。

結真実の質問が回想に水を差す。

「廣田センセイ。知ってるの、この歌？」

「お前こそよく知ってたな。これ、古い歌なんだ。『幸せであるように』。先生が中学だったか高校だったか……ＦＬＹＩＮＧ　ＫＩＤＳってバンドが唄ってた。ソウルチックで、ぶっ飛んだ」

「そうなんだ」

「十七の頃、これを聴きながら泣いたことがあった」

「え」

「……十七歳だった」

口が滑った。

そうだ。俺と美由紀は十七歳だった。

ああこの想い君に伝えたくて
涙ながし夜に震えてる　フル・エ・テ・ル

ＭＤウォークマンのイヤホンを片耳ずつ挿して歌声に聞き入った。ローカル線の隅のシートで身体をくっつけて。十七年前のことだ。頬がひやっとするので窺うと、美由紀は涙を幾筋もこぼしていた。俺も泣けてきた。胸の奥のどこかが、堪えがたいほど痛かった。

「それってさあ、センセイ。どうして泣いたりしたの？」

また感傷を邪魔された。結真実はいつでも、鬱陶しい。

鶴岡八幡宮では、源平池から舞殿へと散策をしたが、長谷寺には入らなかった。

「廣田先生、行かないんですか？　私、長谷寺の紫陽花《あじさい》と、見晴台から望む古都の町並み、大好きです」

一組の升美先生はいつも正論を宣《のたま》う。この発言も、ガイドブックを朗読しているようだ。もっとテキトーで隙がある方がモテるだろうにと、大きなお世話の心配をする。

たしかに長谷寺の紫陽花や眺望は麗しい。それでも、俺には入りたくない訳合がある。付近の土産物店を冷やかして歩くうちに集合時間がきた。駐車場に戻って来ると、生徒たちが三々五々、バスに乗り込んでいる。俺は車内に声をかけた。

「班長、人数確認してくれ」

「センセイ、どいて」

俺を押しのけるようにして乗車する女子のスカートが、冗談のように短い。

「おい。パンツ見えてるぞ」

「あ。見ないでください」

予想もしなかった返答にクラクラした。「きゃ」ぐらい言って狼狽えろよと癪に障る。

バスの横で柔軟体操をしていた初老の運転手が、俺に笑いかけた。

「いまどきですなあ。先生もご苦労さんだ」

苦笑して、彼と雑談を交わした。赤の他人相手の方が、気易く本音を話せる。銀髪の運転手が醸し出す父性に甘えるように、俺はついこぼしていた。

「……少し前までは、生徒の気持ちが見えてたんだけどなあ」

「生徒さんの、気持ち？」

「俺にも十代の記憶や感覚が残ってたんでしょうね。生徒がみんな、かつての友だちや自分自身に想えた。三十を過ぎた頃からかなあ……遠くなった。ひとりひとりが見えなくなった。みんな、どこかに行っちゃいました」

子供に大人が理解できないように、大人が子供を遥かに感じるのは当たり前だ。つまり俺は大人になったのだろう。考えてみれば、生徒たちの姿がボヤけ、向き合うのが億劫になった頃、ダイビングを始めた。たしかな手応えのある場所に興味を移したのかもしれない。

万引きをするオドリハゼや不純異性交遊をするクマノミはいない。アオリイカは思春期に悶々とすることなく、淡々と産卵し、粛々と射精する。水中の生き物たちは真っ向から生《せい》だけのために生きていて、清々しい。

バスの窓から三十一班の班長が顔を出した。

「センセイ。今川だけまだっす」

「達也が？」

「そう。まだっす」

苦笑いしている運転手に会釈して、俺は長谷寺へと足を向けた。

達也は難物だ。一年の頃は陸上部に所属し、競歩で期待された。クラスでも頻繁に笑いを取っていたし、友人も少なくなかった。半年ほど前から、面貌に翳りが生じた。部活とも疎遠になったらしい。達也本人に、進路相談の際は両親にも水を向けたが、変化のわけを話そうとしない。

登下校や休み時間は孤立し、周囲との関わりを避けるように常にヘッドホンで音楽を聴いている。半年前になにかがあった。

なにが？

生徒がサカナなら、どれほど楽だろう。

俺には達也が摑めない。残り一年半の高校生活を波乱なく過ごしてくれれば、その後は会う機会もない。覇気のない教師とひねくれた男子。お互いの役を演じ通せば、大過ないのだ。

達也の姿を探しながら、添乗員から渡されていた拝観券を係員に示して山門に向かう。立派な松の古木を前座のようにして聳える四脚門を潜《くぐ》り、千三百年前、奈良時代に建立された寺の敷地に入った。瞬刻、時間を跨《また》いだように感じて悪寒《おかん》が走った。理屈ではなく、俺はなにかの敷居を越えた。

人気《ひとけ》はほとんどない。

「達也！」

呼ばいながら、石段に足をかけた。

　幸せであるように心で祈ってる
　幸せであるように心で祈ってる

結真実のｉＰｈｏｎｅでも達也のヘッドホンでもなく、俺の内側から歌が聞こえる。

長い石段を上がる。左手には、いまが盛りの紫陽花が溢れるほどに開いている。あの日と同じ景色と空気だ。息苦しくなる。

幸せであるように心で祈ってる
幸せであるように心で祈ってる

しばらく登ると、忘れてしまいたい音が流れてきた。

カラカラカラ。

海から山へ這い上る風が、数百の風車《かざぐるま》を回す。一本一本を右手に握っているのは、小さなお地蔵さまだ。大半が、真っ赤な前掛けと毛糸の帽子を身に着けている。寒くないようにと案じられている。

圧倒されるほどの数の水子地蔵が斜面に並んでいる。

達也がいた。十七年前に十七歳の俺がへたり込んだのと同じ石の上に、達也は座って呆けていた。

確信。

眩暈《めまい》。

彼は俺で、俺は彼だった。俺と同じ過ちを犯し、同じ傷を負った者がいた。

俺は県立青森南西高校の出身だ。修学旅行はアオッパラと同じ鎌倉、東京だった。長谷寺を見学した折、膨大な水子地蔵に圧倒された。流産や死産もあるだろうが、人工中絶で絶たれた命も少なくないはずだ。

カラカラカラという風車の音が責めるように聞こえて、恐くて悲しかった。十七歳の俺は、まだ自分の醜悪さに不馴れだった。

歩み寄ると、達也が虚ろな目を俺に向けた。

「達也。お前も……ねぶたか」

達也の瞳に脅えの色が走った。

「俺も、そうだった」

北の町青森に訪れる夏は、たった一週間で秋風に追いやられる。貴重な真夏の夜を彩るのが、ねぶた祭りの騒ぎだ。

「ラッセーラー、ラッセーラー！」

掛け声も勇ましい跳人《はねと》たちが、浴衣にたすき掛けで山車《だし》を引く。神仏や竜、歌舞伎や武者を題材とした山車は、内部に多くのライトを仕込んで光り輝く。現今は観光客のために規制が厳しいが、俺の時代は道路沿いの商店が日本酒の樽を備え、誰かれ構わず振る舞っていた。

「ラッセーラー、ラッセーラー！」

青森県人を高揚させるスイッチだ。ことに十代となれば止めどがない。

多くの家はこの夜は門限をなくすし、親自身が飲み歩きで忙しい。祭りの後、浜は、「このままじゃ帰れない」カップルに占拠され、汗まみれの身体をぶつけ合うことになる。女の子が浴衣につけた飾りの鈴が、そちらこちらでリズミカルに鳴る。

シャンシャンシャン。

美由紀の鈴も、いい音で鳴いた。

俺は達也の眼前に立った。

「俺もねぶただった。ねぶたの夜は、みんなおかしくなって猛《たけ》る。だから青森は、六月の誕生日が多いそうだ」

シャンシャンシャンシャンをすれば、ある確率で赤子ができる。産むわけにいかない胎児はしかるべく始末される。供養の水子地蔵は風車を持ち、風が吹くとカラカラカラと泣く。

シャンシャンシャンシャン。

カラカラカラ。

シャンシャンシャン。

カラカラカラ。

「センセイも……ねぶたの夜に?」

達也の問い掛けに、頷いた。

「お前と同い年だった。夢中だった。初めてだったし」

冬が訪れた頃、美由紀から「子ができた」と打ち明けられ、俺の親に殴られ、美由紀の母に泣かれ、どうしていいのか分からなくなった。

俺と美由紀は駆け落ちをした。ローカル列車の窓から、目にするだけで凍える陸奥湾を眺めながら、ＭＤウォークマンで『幸せであるように』を聴いた。

みんなは　みんなは　涙をながすのに
なぜ愛し合ってるのかな
ママも死んで　子供も生まれて
君と別れ　君とめぐりあって
キスして　キスして　抱き合って　ささやいて
愛をわかちあって　それだけでいいのに

あっさり補導されて連れ戻され、美由紀は遠方の親戚に預けられて堕胎した。連絡を断たれていたので、俺は親から知らされただけだった。

翌年の初夏、修学旅行で長谷寺を訪ね、山肌にひしめく水子地蔵に向き合った。カラカラカラのさざめきに虐《いじ》められてへたり込んだ。いま達也が座っているのと同じ石に。

「センセイ。……じつは」

達也が口走った。「じつは」の次には、たいてい苦い告白がくる。

「じつは……じつは……」

声を詰まらせて、金魚のように口をパクパクさせている。

俺は達也の肩に手を置いた。競歩の有望選手だった彼が冬を迎えてから塞ぎ始めた原因。目下、どういう気持ちでいるのか。手に取るように分かった。

「達也。……俺は詮索しない。話したくなった時に話せばいい。……ほかの先生たちには、言わないでおく」

そうして、達也を立たせながらつぶやいた。

「ここに、いたのか」

十七歳は彼方になり、もう生徒たちの心は見えないと醒めていた。十七歳は、いまも俺の中に巣食っていた。

ここにいた。

彼らが分からなくなったのではなく、知ろうとする体力が衰えたのではないか。見えなくなったのではない。見ようとしなくなった。

俺は達也の――俺自身の腕を取って、駐車場へとつづく石段を降り始めた。風車が、待ってくれと呼ぶようにカラカラ鳴っていた。

翌日は東京見物で、俺は辟易していた。唯一初めて訪ねたのが東京スカイツリーだ。高さ三百五十メートルの展望台まで、エレベーターで五十秒。こういう高さになると街はシムシティのようで現実味がない。もっとも、俺は風景よりも達也ばかりを気にしていた。

昨夜泊まった江の島の旅館で、消灯前に教諭や添乗員が集まって初日の反省会をした。二組のバスに乗っていた私立函館学園の生徒の扱いや、生理の重い女子、なんだかタバコ臭い男子の情報などが交換された。

俺のクラスは、風邪で旅行を休むはずだった勝利が議題に上った程度だった。連絡もなくひとりで現れたのは問題だが、追い返すわけにはいかない。波雫先生が、「さっき計ったら平熱でした」と報告すれば、特に話し合うべきこともない。大西教頭が、「今後は気をつけましょう」という至極便利な文句を吐いて次の議題に移った。

達也のことは話さなかった。彼とは東京の夜、じっくり向き合う機会を作る。まず事実関係を把握することだ。彼に会わせたい人物もいる。

達也はバスの中でもヘッドホンを着けて、誰とも喋らない。たいてい寝ているか、寝てい

列する。

スカイツリーの前で集合写真を撮った。教頭と俺を中心に、三組の生徒たちが賑やかに整列する。

俺は鞄の中から、用意してきた岡本太壱の写真を出して膝に置いた。

この春、始業式を終えた数日後に、警察から職員室に電話が入った。たまたま受話器を取った二組の香織先生が、「えっ」と素っ頓狂な声を発したのを覚えている。落ち着きのある香織先生には珍しい驚きようだった。

「廣田先生。その生徒さんは……？」

背のちっちゃい添乗員が来て、尋ねた。彼女の名前は忘れてしまった。

「岡本太壱といいます。……この春……交通事故で」

添乗員の顔が曇る。

「我々もショックでしたが……気の毒なのは、お父さんです。息子さんの死を受け容れられない。修学旅行の生徒たちの中にいるんじゃないかって。ほら……タクシーで、ずっと付いて来られている」

賑わいから離れて、サングラスの男が立っている。太壱の父親は盲人だ。息子を亡くして以降、校門の前に佇む姿が何度か目撃された。俺は応接室に案内しようとしたが、父親は、

「ここにいさせてください」と静かに述べるばかりだった。子供たちの声を聞いていたのだと分かった。

彼が修学旅行の後を追っていることは、昨日の鶴岡八幡宮から確認されていた。我々にで
きることは、ひとつだ。彼の好きにさせること――。

人懐っこく、小学生のように小柄だった太壱を喪《うしな》い、生徒や教員たちは打ち沈んだが、日
ごとに普通を取り戻した。

「修学旅行の集合写真は、太壱くんも一緒に」

そう言い出したのは結真実だった。大いに賛成だが、額に入れた写真を持ち歩くのは重い
し面倒だ。

「合成でいいよな？」

俺はクラス全員の顰蹙《ひんしゅく》を買った。オーケー、きみたちの優しさには感激した。ついでに俺
にも親切になって、写真はきみたちが持ち運んでくれないか？　この世代は困ったことに、
教育者や親は無限の愛情を有し、疲れることなどありえないと決め込んでいる。

カメラマンがファインダーを覗いて促した。

「はい、みなさん笑ってください」

俺は横目で窺った。達也は無表情を崩していなかった。

昨夜は旅行社が個室を取って結構な和食をご馳走してくれたが、サンプラザホテル上野広小路の食堂は生徒と一緒で、すなわち惨めな夕飯になった。

出し抜けにクラッカーがパンパンと鳴り、女生徒が唄い始めた。

「ハッピ・ハッピ・ハッピー・バースデイ！」

俺は俺の誕生日にしか興味がない。背を向けたまま冷えたトンカツを食らい、今夜の段取りを思案した。

消灯直前に達也を部屋から呼び出し、同室の二人には、「達也は風邪っぽいから、波雫先生に薬をもらって別室で休ませる」と騙《かた》った。仏頂面で周囲を不快にする達也が消えると知って、二人はむしろホッとしていた。

下見をしておいたロビー裏の通用口から、達也を連れて街に出た。

「先生、どこ行くの？」

「お前の十七年後だよ」

「俺の……十七年後？」

上野広小路から末広町に向かい、途中を右手に折れる。無造作に停められた自転車やカブ、飲食店の前に積まれたゴミ袋の山が通行を阻む。

車も通れない狭い路地に入り、数軒のしもた屋を過ぎると、行き止まりに目当ての店がある。

スナックかバーのいずれかであろう扉の横の壁面に、『×ＯＶＥ』という金属製の箱文字が打ち込まれている。アルファベットの最初が抜け落ちている。

俺は達也に示した。

「居抜きで借りたから、前の店の看板がそのままなんだ」

「……ＬＯＶＥ？」

「可能性は高いな。でもＭＯＶＥって線もある。ＣＯＶＥだと入り江。ＤＯＶＥなら鳩。ＲＯＶＥは漂流。どれもありそうだろ？」

達也が頷いた。

「ここのママは、自分の店の名前を知らない。……入ろう」

扉を開けた。

「ここが、俺の十七年後なの？」

そう訊く達也を誘《いざな》った。

テーブル席はなく、七人掛けのカウンターがあるばかり。今夜の客は俺と達也だけなのが好都合だ。全体は暗く、カウンターの数ヶ所にオレンジ色のスポットライトが注がれている。

棚に並んだ酒は安いウィスキーや焼酎だが、会話を邪魔しない程度に流れているのはエラ・フィッツジェラルドだ。

「いらっしゃい。修学旅行、お疲れ。十ヶ月ぶりかな？　座って」

笑いかけるママを、俺は達也に引き合わせた。

「猪狩美由紀。センセイの高校時代の同級生だ」

戸惑いながらペコリとお辞儀をする達也を一瞥して、美由紀は奥に声をかけた。

「ほたるちゃん。ジンジャエール一本、お願い」

「誰か雇ったの？」

「ご覧の通りの大繁盛だからね。すぐに紹介する。孝太郎はいつものでいいよね？」

俺は美由紀から一番離れた席に達也を座らせて、声を潜めた。

「十七年前の彼女だ。ねぶたの夜の」

達也の目がまん丸に見開かれた。

「一発で孕《はら》んだ。パニクった果ての駆け落ちから連れ戻されて、彼女は転校して遠い親戚に預けられて、堕ろした。音信不通だったけど、八年前にこの店を開くっていう案内をくれた」

「なに内緒話してるの？」

美由紀が俺の前に水割りを置いた。

その時、奥から、ほたるちゃんと呼ばれた女の子がウィルキンソンのジンジャエールを手に出てきた。

ごくり。

俺は思わず唾を呑んだ。はたちぐらいだろうか？　あどけない面立ち。華奢だが、巨乳。唇がぽってりしている。男の九割が関心を持つタイプだ。

「この子ね、先週から手伝いに来てもらってるほたるちゃん」

達也がぎこちなく頭を下げ、俺は通常より一段声を低くした。

「こんばんは。廣田です」

「ほたるです。よろしくお願いします」

ほたるちゃんがグラスに氷を入れ、ジンジャエールを注ぐ姿を気にしながら、俺は水割りを舐め、達也につづきを語った。

「そういう事情で、八年前から、ときどきこの店に来る。修学旅行を引率した夜。それから旅行のついで」

青森から沖縄への直行便はない。ダイビングに行く際は羽田で乗り換えることになる。そのたびに俺は一泊して『×ＯＶＥ』を訪ね、愚痴をこぼし、腹の底から笑い、気晴らしをする。前回来たのは、美由紀の記憶通り十ヶ月前。西表島でサンゴの海を満喫した帰路だった。

ほたるちゃんが達也の前にジンジャエールを置いた。彼女から、ほのかにいい香りが漂う。

水割りをくぴくぴ飲んで全身が軽くなった俺は、達也の肩をどやした。

「人生が終わったように思い詰めるのは分かる。一生、咎を負った気分だろう。でもな、時間が薬になる。時間が解決してくれる。……年にいっぺん酒を酌み交わして、笑い合って、励まし合う。彼女は親友になった」

「……親友」

「お前の相手が誰かは訊かない。お前が話すまで干渉しない。でも覚えておいてほしい。いつかこういう日が来るんだ」

達也の表情が柔らかくなった。

「お待たせ」

美由紀が俺たちの前に突き出しを置いた。

「なに、これ?」

「たまごみそ。手抜きもいいとこ。卵、味噌、砂糖、酒を混ぜて炒めるだけ。召し上がれ」

割り箸を折って口に運んだ達也が、

「やべっ」

と漏らした。有り合わせで手早く美味いものを作る。美由紀の才能だ。

青森の海辺での、シャンシャンシャンという鈴の音が蘇る。八年前に再会して以降、あの時代を語り合ったことはない。むしろ避けている。当時の痛みや引き裂かれた悲しみには触れず、互いに馬の合う同級生として接している。

口説こうかと考えたことが、二回ある。だが尻込みした。そんな資格はないと、衝動を抑えた。

三十半ばになってまろやかな色気に包まれた美由紀を仰ぐ。彼女は素敵だ。

そして――。

ほたるちゃんも素敵だ。

水割りのお代わりを作る彼女の乳は、どの程度盛っているだろう。そういえば美由紀の胸も意外とたわわで重量があった。

達也が自分に言い聞かせるように囁いた。

「……時間が解決してくれる」

俺は何回も首肯《しゅこう》した。

「苦しみってさ、明日への滑走路なんじゃないかな。高く飛び跳ねるためには、いっぱい屈《かが》む必要がある」

ほたるちゃんが置いてくれた水割りを口に運びながら、俺の機嫌は上がった。修学旅行の深夜、生徒を飲み屋に連れ出すのは教育者失格だ。それでも人間は表面だけではない。こういう方法でしか伝えられないこともある。

俺は見上げた教師だ。さらに十ヶ月ぶりの美由紀に歓迎され、ほたるちゃんに出会った。なんていい夜だ。

美由紀にからかわれるまでもなく、俺は酒に弱い。一杯で心を解き放つ。この際、校歌でも唄おうか。

「ねえ、ほたるちゃん」

甘ったれた声を出して、俺はほたるちゃんに空のグラスを差し出し、三杯目をねだった。それからさらに二杯を干し、鯖のへしこや大根サラダといった美由紀の心尽くしに舌鼓を打ち、財布に優しい親友価格を支払って店を出たのは、小一時間後だった。

美由紀はグラスを片付けていて、送りに出てきたのはほたるちゃんだった。

「ありがとうございました」

俺の腕に添えた手がひんやりしている。いい香りを至近で嗅いだ。

歩き出した達也に聞こえないよう、ほたるちゃんに囁きかけた。

「明日も東京に泊まるんだ。すぐそこのホテルなんだ」

「じゃ、明日も来てくれるんですね？」

「それもいいけど……外で会えない？……二人で」

達也が振り向くので俺はあたふたし、名刺に携帯の番号を走り書きしてほたるちゃんに押し付けようとした。

「へ？」

たじろいだ。

ほたるちゃんは瞳から大粒の涙を零《こぼ》していた。

「……ほたるちゃん？」

達也が不審そうにこちらを凝視している。

「ほたるちゃん、どうした？」

「鈍感なんだなあ。お父さんて」

「……お父さん？」

「まだ分からないの？　こんなに近くても、これだけ話しても、まだ分からないの？　じつはね……」

いやな予感。

「じつはね」

ほたるちゃんはほろほろと涙を落とす。

「猪狩美由紀は新潟の親戚に預けられたけど家出した。断固堕ろさないで、繁華街で働いた。母さん、産んだの」

「……なにを？」

「わたしを産んだの」

酒のせいか、あるいは大地震でも発生しているのか、地面が大きく揺れる。

「わたし、十六歳だよ。お父さんの娘です」

お父さん？　ひどい地震だ。電柱で身体を支えた際、達也があんぐり口を開けて俺たちを眺めているのに気づいた。

ほたるちゃんは容赦がない。

「わたし高校生だから、普段は店に来ない。……母さん、東北原高校のホームページで修学旅行の日程調べて、きっと今夜来るはずだって、わたしを連れて来た。わたしとお父さんを会わせた」

「あのさ。……冗談にしてはしつこくないか？」

困窮の末にヘラヘラした俺の頬を、ほたるちゃんは引っぱたいた。

痛い、痛い、痛い。

「母さんはずっと待ってた。そりゃいろいろあったけど、それでも忘れられなかった。いつも待ってたんだよ……お父さんが、迎えに来てくれるのを」

ほたるちゃんは扉に手をかけて店に入ろうとしたが、まだ激昂がおさまらないのだろう、戻って来ると俺の頰をもう一発叩いて店内に駆け戻った。

深夜の末広町の小道に、いきなり祭り囃子が炸裂した。

「ラッセーラー、ラッセーラー！」

実の娘に気づかないどころか口説こうとした俺を、俺は呪う。たしかに十七年前の夜、俺は「ずっと一緒にいよう」と何度も叫び、叫びながら美由紀の鈴をシャンシャンいわせた。

「ラッセーラー、ラッセーラー！」

そもそも、あれは真実に俺の娘か？　ほかの男との子供かもしれない。だがＤＮＡ鑑定をすれば俺の子だと証明されるだろう。なぜなら俺はそういう目にあうことが多いし、美由紀はいつも真摯でブレない。彼女がそう告げるなら、ほたるちゃんは俺の子だ。

「ラッセーラー、ラッセーラー！」

その場に崩れそうになった俺を支えてくれたのは、いつの間にか近くに来ていた達也だった。

俺の腕を取って歩き出しながら、達也がぼやいた。

「時間って、なにも解決しないじゃん」

俺に異存はない。

「たしかに、そうだ。むしろ悪化させてるな」

達也を得々と諭した言葉を思い返して、俺は自己嫌悪で己の心臓を引っ張り出して踏みつけたくなる。

「時間こそが薬だ。彼女はいまでは親友だ。……どの口が吐いたんだよ、ちくしょう」

「間違いは誰にでもあるよ、センセイ」

「勝手に産んで勝手に待つなよ。陰険だと思わないか？　そりゃ、俺は鈍感だ。陰険と鈍感はどっちが罪深い？　どっちの分が悪い？」

「センセイ、落ち着こう」

「いきなりあんな娘が……。なあ、どうすればいいんだ、俺は」

「簡単だよ。俺と彼女が失ったものを、かわりに摑んでくれ」

「マジか？」

「マジだ」

「って言われても……。っていうか、いつからお前が先生なんだよ？」

末広町から妻恋坂へ、そこから黒門町を目指したはずが、角を曲がると『×ＯＶＥ』の前にいる。

俺は達也に質した。

「どっち？」

達也が俺に返した。

「どっち？」

行きつ戻りつ、俺と達也は道に迷いつづけていた――。

悪夢のような迷路を抜けて、ようやくホテルの看板が見えた際のことだ。

信号無視して小走りに道路を渡り、ホテルの通用口に向かう梨本貴延の姿を認めた。特徴的なロン毛だから見間違いではないだろう。彼の父親は自衛隊員で、左翼がかった教師が授業中に私見を開陳して自衛隊を批判した際、すごい剣幕で職員室に抗議に現れたのを覚えている。

貴延はこんな時間、どこに出掛けていたのか？

まあ、どうでもいいや。

貴延は升美先生の一組だから、俺には関係ない。なにより俺は、俺のことで忙しい。

進路指導を請いたい気分だ。

フィンで水を掻く。ガイドの陽ちゃんとともに、ガレ場のスロープをゆるゆる下っていく。

ダイブ・コンピューターが水深二十メートルを超えたあたりで、周囲を見回す。

いた。

真っ白な砂地に掘った穴の周りにサンゴのかけらで塀を築き、黄色いジョーフィッシュが臆病そうにこちらを窺っている。カエルに似た風貌で、みんなはピョン吉と呼んでいる。このポイントの人気者に会えて、俺は嬉しかった。

――次の日は日がな一日、ダイビングの記憶に逃避していた。なにも考えたくなかった。

生徒たちは自主研修なので、隊ごとに行き先や持ち物を確認して出発許可を与えればいい。結真実はディズニーランド。勝利はオフ会のために台場の船の科学館。大学見学や原宿ショッピングなど、特別に変わった行き先はない。

俺は品川駅のそばにあるダイビング用品の量販店に行くつもりだったが、萎え果てて、生徒たちの出立後はロビーのソファや自室のベッドでゴロゴロするばかりだった。

♪海の中　ぶくぶく　ぷくぷく　いい気持ち……

ひたすらに痴《し》れていく。

沖縄に旅行して、『誰でもできます体験ダイビング』という看板につられて試み、病みつきになった。魅力を述べるなら、誰でも一年生になれることに尽きるのではないか。くり返しの日常に較べて、海の中は全部新しい。

ベラに耳の穴を掃除されること。雄大なマンタを仰ぎ見ること。小さなエビが爪の間の汚れを取ってくれること。ダイバーに馴れたウミガメと戯れながら泳ぐこと。コンビニで仕入れた生卵を持って潜り、水中で割ると、黄身は水圧で真円を保つ。青い水に浮かぶ色鮮やかな満月さながらだ。

しかし、どうだ。

つまらないと感じていた日常には、海以上の冒険が満ちていた。

昨夜、達也と迷子になりながら考えていた。十七歳の時分は不安だった。明日が見えなかった。だからグレたり、壊れたみたいにはしゃいだり、引きこもったり、みっともない自分のかわりに誰かをいじめる。いったいいつから、明日が見えると思い込んだのか？

ホテルの客室の小さな窓は、五メートルほど先の雑居ビルの壁に面している。網のようにヒビが走るその壁が赤みを帯びていく。日が傾いて、今日が終わろうとしている。

早く消灯時間が来てほしい。いきなりこういう事態を突きつけられたことが迷惑なのか、それとも本当は嬉しいのか、俺にも判然としない。

美由紀と話したかった。

自主研修の門限である六時を過ぎた頃、問題が起こった。

帰宿しない生徒が数人いた。十五分から三十分遅れて戻った者もいるが、五名の姿がない。

宅配便の業者がロビーにいくつも長机を並べて受付を開始し、生徒たちがまとめた荷物を運んできて行列する喧騒《けんそう》の中、大西教頭の頬が電気仕掛けのように痙攣し始めた。

五名が帰っていないこと自体、大問題だが、深刻なのは五人全員が電話に出ないことだ。俺たちだけでなく保健の波雫先生にも電話係を頼んだが、誰とも繋がらない。五人揃っての紛失や電池切れはさすがに考えにくい。

なにが起こっているのか？

俺が受け持つ三組の勝利、二組の恭平、私立函館学園なのに我が校に紛れ込んでしまった健一郎は同じ隊だ。『犬並み家の一族オフ会』という奇妙な集いのために台場に赴いた。

より不穏なのが一組の有紀と、同じく一組の貴延だ。

有紀は升美先生たちと『リアル人生見学』とやらに出掛け、五反田駅近辺で解散したそうだ。貴延は両国の相撲博物館、江戸東京博物館という渋いコースを申告してひとりで出発した。升美先生によれば、「二人が付き合っていた様子はない」そうで、彼女が言うなら正しいだろう。

二人は一緒なのか？　別々なのか？

俺の数学の授業でいつもトップの有紀が受験をやめたいと言い出したことは、学年会議で聞いた。本人は理由を述べないという。大学進学の希望の星だけに、進路指導の升美先生たちは弱り切っていた。

貴延は中性的な美少年で、髪を伸ばし、制服から覗くシャツもいちいちセンスがいい。問題のある生徒ではないが、昨夜は違った。彼は真夜中に、足音を忍ばせてホテルへ戻って来た。あんな時間にどこをほっつき歩いていたのか？

俺は右頰をヒクヒクさせる大西教頭に打ち明けかけたが、そうすれば、では廣田センセイはなにゆえそんな時間に外にいたのかと藪蛇になりそうだ。修学旅行の夜に生徒を伴って女のいる店に入ったとなれば、職員会議どころかテレビで叩かれてもおかしくない。

俺はとにかく、俺が大事だ。

青森にいる校長や五人の親。船の科学館や相撲博物館周辺の警察署などに手当たり次第に電話をかけ、情報を集め、報告をした。

「手分けしてホテルの周囲を捜しましょう」

教頭が、ここが一千万都市であることを無視した提案をした頃、問題の五分の三があっけなく解決した。

門限を二時間半過ぎて、息を切らして戻って来たのは、オフ会に行った勝利、恭平、函館学園の健一郎だ。

「スマホの充電、切れちゃって」

「すいませんでした！　電車を間違えて、どんどん湘南の方に行っちゃったんです。たいした、たまげたですよ、まったく」

「ボクはパニックでした。羽田で間違えて公立校のバスに乗り、今日は新橋で電車を誤って、もうツイッターで告発したい気分です」

　香織先生が、

「気をつけなさい。心配したのよ」

端的な説諭をし、俺も一応、「馬鹿者」と述べた。それで教師たちの興味は失せ、どれだけ叱られるかと強ばっていた三人は拍子抜けした体裁だった。

残るは、有紀と貴延。同じクラスだが深い結びつきは窺えず、自主研修の目的地も違う。何度電話しても直留守だ。出る気がないのか、電源を切っているのか。

　宅配便の受付が終了しても、ロビーにはうろつく生徒が目立った。噂は速いし、伝わるほど大袈裟になる。何人かの生徒に問い掛けられた。

「センセイ。誰か脱走したってマジ？」

「貴延と有紀、付き合ってたんだって？　二人でどこに消えたの？」

「俺、心中したって聞いたんだけど」

不安が募るが、ささやかな救いもある。二人とも一組で、俺のクラスではない。俺の責任ではない。

自然と唇を噛んだ。俺はこういう卑怯者なのだ――。

大西教頭が再度提議し、教頭、香織先生、みずほ先生、添乗員二人はホテル近くの駅を捜索すると決めて出て行った。教頭にしても、じっとしていられないのだろう。

用を足してロビーのトイレから出ると、何者かが俺の腕を摑んだ。達也だった。みんながいるフロントから引き離すように、達也は俺を廊下に引っ張る。

「おい。センセイはいま忙しいんだよ」

「いいから。来いってば」

角を曲がると、達也はスマホを俺に突き出した。

夜の路上に人が溢れ、『無料案内所』『まんが喫茶』『のぞき部屋』『焼鳥釜めし』『ホスト宇宙一』『食べ放題』といった看板が煩《うるさ》いほど折り重なっている。都市のどこにでもある繁華街の写真だ。

「これがどうしたんだ?」

俺の問いに、達也は沈黙し、やおら唇を開いた。

「さっき、有紀が送ってきたんだ」

「有紀って……倉田有紀か？」

「テキストはなくて、この写真だけを」

「有紀が、なぜお前に……？」

混乱したのは数秒で、すぐにスーと筋が通った。

達也が豹変したのと、有紀が期待されていた大学受験をしないと言い出した時期は一致する。半年前。雪が降りしきる季節。ねぶたから四、五ヶ月後。

「相手は有紀だったのか」

達也は目を伏せた。それが答えだ。

達也が喋り出した。

「去年の暮れ、親に連れられて病院に行ってから、有紀はメールにも電話にも応えなくなった。何度連絡しても返事がなかった。……十分ぐらい前、いきなりこの写真を送って寄越したんだ」

「どういうことだろう」

「たぶん……捜してほしいってことじゃないかな」

眼前に、昨夜、達也を『×ＯＶＥ』に連れ出す際に使った通用口がある。俺は衝動的に扉に向かい、達也は黙って付いて来た。

裏道に出ると、通りかかったタクシーを止めた。

「すいません。この写真の場所、分かりますか？」

運転手に見せると、彼はあっさりと、「ああ、新宿の歌舞伎町だね」と答えた。

「分かるんですか？」

「ここにほら、『ホスト宇宙二』って大きな広告板があるだろ？　これね、老舗《しにせ》のホストクラブ『夢』のもの。歌舞伎町一番街のドン突きにある大箱だ」

「そこ――連れてってください！」

達也を引っ張って、後部座席に乗り込んだ。ひとりで行くべきかと考えたが、有紀に繋がっているのは達也だけだ。現にいま、彼女が送信した写真が、彼女を探す地図になっている。

教頭たちにどう釈明すればいい？

小賢しい算段を、俺は頭から追い払った。

車窓に目を遣る。人波とネオンが途切れることなく流れ過ぎる。二人はどこで、なにをしているのか。

二人？

慌てて達也に尋ねた。

「有紀は貴延と一緒なのかな？　梨本貴延も行方不明なんだ。一組の」

「さあね」

素っ気ない口調から、俺は察した。状況からして、二人が一緒の確率は低くない。達也は妬《や》いている。有紀の手を引いて消えた男をやっかんでいる。唇を尖らせた達也の横顔に、いじらしさを覚えた。

『ホスト宇宙一』を謳う『夢』の前でタクシーを降り、放心した。覚悟はしていたが、人が多い。酔客、ホステス、客引き、チンピラ、気勢を上げる若者たち。この中から誰かを発見するのは不可能だ。

俺は達也に指図した。

「ここの写真を撮って、有紀に送れ」

「ここの写真？」

「彼女の気持ちになって考えろ。なぜお前に写真を送信した？　追いかけてほしかった。だからここを撮って送れ。追いかけて来た証《あかし》だ。彼女がどう受け止めるか……それは、俺には分からない」

実際、ほかにできることはない。達也は『ホスト宇宙一』を入れ込んで自撮りをし、即座に有紀に送った。

じりじりしながら、騒がしい舗道を歩いた。そうしながら、俺も達也もスマホだけを気にしていた。道標《みちしるべ》はそれしかなかった。

ほどなくメールが着信した。有紀から送られてきた新しい写真。ほんのり明るい夜空を背景に交差する鉄パイプとネットが写っている。

「分かった！」

俺が走り出し、達也が慌てて追って来る。

俺は仙台の大学に進んだが、憧れもあってよく東京に来た。友人と飲み歩いた後、持て余したエネルギーを始発まで発散したのが写真の場所だ。いくつか角を折れると、『新宿バッティングセンター』のレトロな看板が現れた。

安堵で全身が緩んだ。バッティングセンターの前の自販機にもたれて、疲労困憊した風情の有紀と貴延が座り込んでいた。

有紀はバツが悪そうに、貴延は心から驚いた様子で、俺と達也を仰いだ。

有紀が貴延に絵解きをした。

「達也に送ったの。私がいる場所の写真を」

そして長い睫毛《まつげ》を伏せて、心をこぼした。

「最後に、賭けてみたかった。私を見つけてくれるかなって。最後に信じてみたかった。

……達也を」

貴延はきれいな顔に薄い笑いを浮かべた。

「そうなんだ」

達也が有紀の前に立った。

「廣田センセイに話しちゃったんだ。昨日、全部。……さっきお前が送ってきた写真も、俺ひとりじゃどこだか分からなくて、センセイに……」

有紀が、お世話になりましたというふうに俺に会釈をした。大人びた様子に戸惑い、俺は曖昧に頷いた。

有紀は達也を上目遣いで、探るように眺めた。

「これでよかったのかな？　停学とか退学になるの、私だけじゃなくなった。……本当によかったのかな？」

「……二人で働こうか。二人なら、きっとなんとかなるよ」

達也の一言に、有紀は笑った。肩を震わせて。いや、笑っているのではなく嗚咽を堪えている。俺と美由紀が踏み出せなかった道へ、二人は歩き始めるのかもしれない。

有紀は我に返って、隣の貴延に顔を向けた。

「貴延くん、ごめんね。……私だけ、なんか、こんなで」

貴延が自販機に手をかけてよろけながら立ち上がった。

「いいんだ。僕には、まだ無謀だった」

「二人は……どういう事情で、一緒に？」

俺の質問に答えたのは、有紀だった。

「きっかけは、去年の終わり。生理がずっと止まってて……。ママにバレて病院に連れて行かれた。検査するだけだって聞かされてたのに、気がついたら赤ちゃんは……。それから達也の親が来たの。これでなかったことにしてくれって……十万円」

達也が手を差し伸べて、有紀を立たせた。

「もういやなんだ、あんな家もあの町も。修学旅行には、家出するために参加した。新宿なら十七歳の女の子でも食べていけるって……。風俗に就活しに来たんです、私」

「……有紀」

達也が泣きそうな表情になる。二人の初々《ういうい》しさに胸を詰まらせかけた俺は、照れを隠すために吐いた。

「村芝居か、これは？」

「これが村芝居なら、僕のはアングラ芝居ですね」

貴延が絹のようなロン毛をかき上げてつぶやいた。

「じつは、さ」

貴延は俺から目を逸らした。

「じつは、僕はＭｔＦビアンです」

「……ＭｔＦビアン？」

重大な告白らしかったが、俺には、意味やコトの重さがまるきり分からなかった。

「要するに、性同一性障害。小学校の性教育で最初に兆しを感じた。僕はなにかが変だって。ずっと隠して、普通の男子を装ってきた。……もういやなんです、自分に嘘つくの。けどカミングアウトしたら父に殺される」

職員室に怒鳴り込んで来た自衛官の雄々しい父親を想うと、得心がゆく。たしかに貴延は、クラスでふわりと浮いていた。ほかの男子よりも繊細で、穏やかな佇まいだった。

「僕も家出のために修学旅行に来た。昨夜は夜中にホテルを抜け出して、新宿二丁目を歩き回った」

俺が目撃したのは、その帰途だったのか。

「今夜こそ働き先を見つけたかった。朝食の時からノートパソコン開いてこの辺りの地図ばかり調べてたのを、有紀に気づかれた。そこに行くなら私も連れてって……。互いの事情を打ち明け合った。自主研修の後、上野駅で待ち合わせて新宿に来ました」

初めて訪れた歌舞伎町を歩きながら、有紀は、『フロアレディ急募』『誰にもバレない高収入バイト』『女性第一主義！　体験入店募集中』『稼ぎたい子大集合』といった張り紙を眺め歩いた。

貴延は二丁目で、『貴方のための今夜のおいら』『短期で稼ぎたい男の子集まれーっ！』『サービスボーイ募集中』『二丁目キッズ安全保障』という募集を読み歩いた。

いざとなると二人とも足を踏み入れる度胸がなく、四時間以上黙々と歩きつづけたという。

俺はスマホを出して、『二人を確保。三十分ほどで戻ります』というメールを升美先生に送り、詮索を免れるために機内モードにして電波を遮断した。

彼らのことを、どう報告すればいい？　ホテルに着くまでに考えなければ。

達也を今夜連れ出したことは露見していないはずだから、焦点は有紀と貴延だ。待て。貴延のことは、俺も上辺《うわべ》しか理解していない。

「端的に言うと、貴延はゲイなんだな？　男が好きなんだな？」

「僕が好きなのは女です」

「……だって、性同一性障害なんだろ？」

貴延が説く。

「ＭｔＦビアンなんです。僕は女だ。自活できるようになったら診察を受けて名前を変えるし、身体も手術する。まずクソみたいな髭を永久脱毛して、ホルモン注射しながら胸と性器を整え、最後は喉仏を取る。それが自然だから。そして一人前の女として女を愛したい。レズビアンってことですね」

入り組んでいて、把握できない。男が女を恋い慕うことと、男が女になって女を求めることはどう違う？　あまりにあまりのフリーダム。

「つまり……二回転してるってことか？」

もちろん俺は、「変」を口には出さなかった。貴延が抱えるものは深刻で、俺の価値観で「変」と断じるべきではない。それぐらいの心得はあった。

「センセイ。ひとつ分かったんです」

「貴延？」

「ひとつ分かって……ひとつ、決めました。居場所って、逃げ込むものじゃなくて作るものでした。帰ったら、修学旅行の文集でカミングアウトする」

「ぶっ……文集⁉」

「ＭｔＦビアンなんて、ちょっと説明したぐらいじゃ分かってもらえない。家族やみんなにどう思われるか知らないけど……逐一、書きます。それで、僕は僕になれる」

「いや貴延、文集って……」

「ずっと抑えてきたんです。誰かに告白したいんじゃない。みんなに叫びたいんです」

この暴挙をいかにして阻止しようかと頭を働かせ始めた時、達也が発した。

「俺も書きます」

「……なにを?」

「有紀とのことを全部。俺たちの気持ちなんかこれっぽっちも考えない親たちに、もう邪魔されたくない」

有紀も瞳を輝かせている。

なるほど文集を利用するのは、政府を翻意させるために外圧を用いるのと同じかもしれない。外堀から埋める。まず既成事実を国際社会に宣言する。貴延にとっても、達也と有紀にとっても意義はあるだろう。彼らの勇気ある行動によって、窮地に陥るのは俺だ。

面倒は困る。

三人に囲まれながら、俺は甲高い早口でまくし立てた。

「それってさ、すごく個人的なことだし、文集に書くことじゃないだろう。受験を控えてるみんなを混乱させるし。三人の気持ちをスッキリさせる方法、なにかないかセンセイも探してみる。一緒に考えていこう……時間をかけて」

先延ばしにして逃げ切るための詭弁《きべん》。三人にも伝わったのだろう、興奮していた顔に失望や白けが広がる。

彼らに教えても信じないだろう。俺に一番落胆しているのは、ほかならぬ俺だということを。

俺は怒ったような声で命じた。

「行くぞ。……帰るぞ、もう」

歌舞伎町からタクシーで上野広小路に戻ったのは、日付が変わる刻限だった。達也を通用口に行かせ、俺は貴延と有紀を従えてロビーに入った。小走りで出迎えた二人の添乗員に詫びた。

「すみません。事情は聞かないでください。こいつらにも、プライバシーがありますから。迷惑をかけました」

二人は心得た顔で引き下がった。

俺は大西教頭たちの前に立った。

「二人とも進路や家庭内のトラブルに悩んで、とにかく全部忘れたいって、西麻布のクラブに出掛けたそうです。門限に遅れても一時間以内と決めてたのに、夢中になっちゃったそうで。恐くなって、担任の升美先生じゃなくて、生徒より頼りない俺に電話してきました。

……あ。二人とも根は真面目だから、酒を飲んだりタバコを吸ったりはしていません」

タクシーの中ですり合わせた話を、教頭たちはそっくり信じた。とにかく問題は解決したし、明日も早い。詳しい事情は学校で聴けばいい。みんな休みたいのだ。

中でも五十を過ぎた大西教頭は、倒れるのではないかと想われる形相で、目も虚ろだった。

「廣田センセイ……まことに、まことにご苦労さまでした」

弱々しい声を発した。


シャワーを浴び、周囲の客室や廊下から物音が消えるのを待って、俺は通用口からホテルを出た。湯島の路地を抜けて『×ＯＶＥ』に向かう。あまりの疲労で、かえって高揚している。

歩きながら、俺は俺を蔑んでいた。いつも問題から巧みに逃げ出す。薄っぺらいおためごかしで身を守る。達也や有紀や貴延の真摯さを鏡に見立てれば、俺はずいぶん歪んで映る。

俺は俺に愛想を尽かす。

こんな大人になりたかったわけじゃない。

自分の不甲斐なさを思い知らされた十七年前――あの時からやり直したい。

『×ＯＶＥ』のドアを開けた。

今夜はほたるちゃんの姿はなく、カウンターでサラリーマンふうの男がうたた寝をしている。食器を洗っていた美由紀が、俺を見て口角を上げた。

俺はどんな言葉から始めるべきかと逡巡《しゅんじゅん》した。そういう俺から尋常でない匂いを嗅いだのか、美由紀も真顔になった。

「時間を巻き戻しに来たんだ。美由紀と始められないかと思ってさ」

美由紀が小さく噴き出した。

「じつはね」

ほっそりした指でカウンターをなぞりながら、明かした。

「じつは……結婚するの。この人と」

阿呆のように立ち尽くす俺に、美由紀はカウンターで鼾《いびき》をかいている男を指し、彼の頭髪をくしゃくしゃと弄《いじ》った。

「ほたるを紹介したのは、区切りをつけたかったから。いつもどこかで引きずってる孝太郎を、過去にしたかったからなの」

俺はやっと口を開いた。美由紀の男を顎でこなした。

「いつから？」

「二ヶ月前から」

二ヶ月、遅かった。

「桜の頃、この店にふらっと現れた。……次は三人で飲もうか」

俺は微笑んだ。そんなの、ぜったい御免だ。

水割りは遠慮して、美由紀に送られて店を出た。うまい言葉が出てこない。俺は『×ＯＶＥ』の看板を目にした。

「やっぱり、ＬＯＶＥなのかなあ」

美由紀が出し抜けに嬉しげな声を漏らした。

「ああ……いま、分かった」

「なにが？」

「Ｍだよ、これ。ＭＯＶＥ」

ＭＯＶＥ。動く。

「……そうだな。……美由紀。おめでとう」

踵を返した俺に、美由紀が告げた。

「さよなら。……次は、遅刻しないでね」

振り返らずに歩く。びっくりしてゴミ袋の陰に逃げ込む野良猫に構わず、足を動かし、靴を鳴らし、俺は歩きつづける。

海に飛び込んで、日光を反射するシャンパンのような泡に包まれたかった。地球の内側に逃避して、ただ茫々《ぼうぼう》と漂いたかった。

旅客機が羽田空港のゲートを離れ、滑走路へと動き始める。

昨夜遅く、身内に不幸があり、大西教頭は急いで青森に帰ったと聞いたのは今朝のことだ。真夜中にどういう交通手段で？　しかし、それは俺が心配することではない。とにかく、アオッパラの修学旅行が滞りなく終わろうとしている。

俺の前の三人掛けには、達也と有紀と貴延が並んでいる。達也はヘッドホンを着けている。外界ではなく、俺を拒絶しているように感じる。今日の見学中、上野公園でもお台場でも、彼らは俺に接しようとしなかった。

「羽田空港混雑のため、当機、しばし離陸を待つことになりそうです。この間に、私事のご報告とお礼を述べさせていただきたいと存じます。この青森行き１２０９便が、私、浜田山のラスト・フライトとなります。本日、定年退職を迎えます」

コックピットからのアナウンスだ。

俺はじりじりしていた。旅が終わってしまう。青森に戻れば、俺はなにも変わることなく、これからも、これまでのような日々を受け流していく。年に一度、沖縄の海で生を実感し、残りの時間は死んだように。

機長は長々と、「白状しますが」「私は恐い」「気温はマイナス六十度」といった意味不明な話をつづけ、機は動こうとしない。

二組のダブりのハルミが廊下鳶のように通路を行き来して、ＣＡさんに注意されている。ここは動物園か？

結真実がなぜだか明太子をくわえて仲間と黄色い声をあげてはしゃいでいる。彼女はいつでも鬱陶しい。

俺の苛立ちは極限に達した。シートベルトを緩めて身を乗り出し、前の背もたれを掴んだ。達也のヘッドホンを剝ぎ取る。

仰天して見返す三人に、俺は告げた。

「書け」

「センセイ？」

「文集に書け。貴延は自分のことを。達也と有紀は二人のことを。書きたいことをすべて書け」

三人が呆気に取られている。

「必ず載せる。約束する。……いざ書こうとすると尻込みするだろう。不安になるだろう。

それでも己を殺すな。自分を殺すのも殺人だ。時は戻らない。だから……遅刻をするな」

達也が強く頷いた。

有紀が、そんな達也を見上げる。たった一日で、この娘はきれいになった。

貴延はしばらく俺を見つめて、ゆっくり顎を引いた。

滑走路へと動き始めた旅客機の窓に、俺はおでこをくっつける。

やがて離陸すると、東京の夜景が一面に広がった。星は見えない。夜空は街の灯を受けて、黒ではなく灰色だ。眼下にぶちまけられた光のひとつひとつが、美由紀やほたるちゃんや達也や有紀や貴延や俺たちだ。

地べたを精一杯煌めかせたい。

幸せであるようにと念じる。

ふいに鼻の奥がツンとし、光が滲み始めて、俺は慌てて目を瞑った。

第6章　Long Way Home

「じつは」

「じつは！」

「……じつは」

「じつはっ」

「じつを申しますと」

「――じつは」

「じつは！」

「じつは!!」

挙手する生徒が増えるたびに、ワタシの胃はキリキリと締め付けられた。新手の拷問なのかこれは。

なぜ修学旅行にクラッカーなど持ってきたのか？

どうしてそれを馬鹿正直に申告するのか？

朝一番。出発の時。これがすなわち、出鼻を挫《くじ》かれるということか。

「すみません、青森東北原高校の修学旅行の責任者はどなたでしょうか？」

ＣＡの声に、私はシートベルトを外し、せめて背筋を伸ばして立ち上がった。

「ワタシです。教頭の大西洋和と申します」

ご迷惑をおかけしますと、ワタシは頓首した。なにひとつ、ワタシに責任はないのに。

次のトラブルは、横浜に近い駐車場で襲ってきた。

「彼、大場健一郎くんは私立函館学園の生徒さんです。羽田でソウル便に乗り継ぐはずが、なぜかうちのバスに」

香織先生が、銀縁メガネの気弱そうな少年の肩に触れながら説明した。

「大場くんは引きこもりで、入学以来ずっと不登校だったそうなんです。修学旅行が学校に行くチャンスだ、これを逃したら中退するしかないって、勇気を出して参加したそうです」

ワタシの右の頬が、痛いほどに痙攣している。

なぜ他校の生徒が紛れ込むのか？　彼になにかあれば、ワタシが責任を問われる。勝手に現れた引きこもりじゃないか。ずっと引きこもっていてくれればよかったのに。

頭の中が真っ白になったワタシのかわりに、升美先生が仕切ってくれた。

「鎌倉に向かいましょう。ここでボーッとしてても時間の浪費です。当校は大場くんを伴って修学旅行を予定通り進行し、函館学園がソウルに到着した時間に担任教師に電話してご相談する。それでよろしいのでは？」

ワタシは、同じことを考えていたようにもっともらしく頷いた。

「では、そういう段取りにしましょう。函館学園の担任への連絡は、教頭であるワタシが行います。香織先生、こういう成り行きなので、大場くんは二組で預かってください。そうだ……ワタシも二組のバスに乗ります」

二連発のトラブルがワタシの神経を摩耗させる。それでも最後の一言は、我ながらうまく立ち回った。

ワタシは最初から香織センセイと同じバスに乗りたかったが、気の利かない、勘の働かない、低学歴の女の添乗員が、

「教頭先生、こちらのバスの方が席に余裕があります」

と、ワタシを四号車に案内したのだ。

ワタシはようやく二号車に乗車し、香織先生と並んで座った。香織先生の香りは伽羅《きやら》を連想させる品の良いもので、控えめだ。右肩に感じる温度が胸をときめかせる。キュン、であ

る。

「香織先生、水かなにかありませんか？　四号車に置いてきてしまった」

「これでよろしければ。口、つけちゃいましたけど」

コントレックスと書かれた水のペットボトルを差し出してくれた。ワタシは、「どうも」と礼を述べ、口をつけた。飲み口がワタシの唇に接触する。キュンキュン、である。

さらに小さな事件がいくつか勃発し、翌日、東京スカイツリーにたどり着く頃には身も心もくたびれ果てていた。

「一本いただけませんか？」

駐車場にいた一号車の運転手に、ついタバコをねだっていた。

「一本といわず、どうぞ」

青紫色の煙を吸い込むと、全身が弛緩し、溶けるようだ。

次の瞬間、ワタシは烈《はげ》しく己を責めた。

ワタシは愛煙家だったが、三年前に内科でニコチンパッチを処方してもらい、禁煙に成功していた。学校には喫煙所などない。一服したくなると裏門から出て、携帯灰皿を手に気ぜわしくふかす。そういう姿が生徒に敬われるだろうかと煩い、やめることを決心したのだ。

禁を犯してしまった。せっかく三年吸わなかったのに。

ストレスから逃れようと縋った一本のロープが、さらに大きなストレスを招く。ヒクヒク。苛立つと頰が引きつるようになったのは、この数年のことだ。

駐車場から歩き出すと、ひとりの女生徒がバスにもたれ、スマートフォンにぶら下げたラッパのストラップを揺らしている。名前は忘れたが、『春色濃於酒』というあっぱれな字を書いて県大会で表彰された娘だ。

「楽しんでいるかい？」

彼女は高校生らしからぬ蓮葉《はすは》な笑いを浮かべた。

「ジェットコースターですよ、あたしは。死んじゃうほど幸せだと思ったら、死ねってぐらい突き落とされて。わけが分かんない！……あたしはいつでも、チーム手さぐり」

手さぐり。

その表現が印象に残った。ビリヤードの球のように四方八方に弾け、五分刻みで喜怒哀楽を行き来する彼らは、なるほどいつも手さぐりをしているように窺われる。

ワタシは彼女が持っていた黄色いフリスクを数粒もらって、口中のタバコ臭さを消した。

その夜、消灯前にサンプラザホテル上野広小路の会議室を借りて行われた反省会で、ワタシは愚痴っぽかった。

「なぜ我々が生理の重い女子の名前まで把握する必要があるのか？　過保護が過ぎませんか？　今日びはタバコを吸った生徒の親が教師の責任を追及する。どうして持ち物検査をしないのかと。……だいたい、なんだって校内に親御さんが待機する部屋があるんですか？　P室？　あれはPTA室じゃない、ポリス・ステーションです。そこまでワタシたちを信頼できないのでしょうか？……仰天しましたよ、期末試験では。倅がカンニングをしたのは机をもっと離さない学校の施設問題だと怒鳴り込まれて。……そういう親は必ず、テレビドラマの熱血教師を引き合いに出す。あんなのいないからテレビになるんだって、大人がどうして分からないんですか⁉」

香織先生がそっとワタシの膝に手を置いたので、かろうじて抑えた。

ワタシは青森市内で信号無視をしたことがない。真夜中の一本道で明らかに車の通行がない状況でも、歩行者用の信号が青になるのを辛抱強く待っている。赤のまま渡るのを見られれば、教頭が違法行為をしたと噂される。

ワタシは青森市内で映画を観たり本を買ったことがない。昨今の書店には嫌韓嫌中本のコーナーがある。ワタシは両国に毒念を持つものではないが、現在どういう書籍が読まれているのか興味がある。だが手に取るのを目撃された途端、ワタシは右翼で差別主義者だと言いふらされる。

教育者は息苦しい。その上公務員だから窮屈にもほどがある。ワタシは時折、往来の真中で素っぱだかになり、陰茎をプロペラのように回転させながら走る夢想をする。

廣田センセイたちが消灯とパトロールのために会議室から去った。

二人きりになると、香織先生は、

「教頭先生。お疲れさまでした」

バッグから小さな缶ビールを取り出した。

「香織先生。それはいけません」

昨今は修学旅行先での教師の飲酒は禁忌だ。

「これなら。……ね」

香織先生は彼女とワタシの前の湯呑みの茶を捨てて、そこにビールを注いでくれた。

「これならバレませんよ」

彼女の秘密めかした笑顔を拝めたことで、疲れがほぐれていく。

ワタシは感謝して、湯呑みを口に運んだ。苦く泡立ち、沁みる。ビールは香織先生のごとき、熟したいたわりだった。

三日目の夜は、ただでも薄い髪がすべて抜け落ちるのではないかという危機に見舞われた。

自主研修に出た生徒が五人、戻って来ない。

三人はじきに現れたが、倉田有紀と梨本貴延という二人が見つからず、電話にも出ない。医師から処方されている安定剤を服用しても、右頬の痙攣がおさまらない。

居ても立ってもいられず、ワタシは数人の教師と添乗員を連れて街に出て、手分けして駅前を捜索した。もちろん、ワタシはごくさりげなく、香織先生とペアを組んだ。

二人で上野駅広小路口あたりの雑踏を歩き回った。十時を過ぎているのに、通勤客や酔っぱらいだけでなく、塾帰りらしい高校生も多くて紛らわしい。それにしても、今回の修学旅行はトラブルが多過ぎる。

ワタシは毒づいた。

「どうかしてるぞ、今年の二年は」

香織先生が含み笑いをした。

「いままで、なにもかも予定通りの学年なんて、ありましたか?」

虚を突かれた。

二十九年間の教師生活。これよりひどい事態は何遍もあったし、その都度、どうにか乗り越えてきた。

ワタシは正直をこぼした。

「香織先生と話すと元気が出る」

「離婚の時、親身に相談に乗って勇気をくださったのは教頭です」

あれは二年前だった。彼女は当時の夫のDVに晒されていた。暴力の中には性的なものもあったと類推された。詳しく訊くことは自重したが、ワタシは香織先生の美貌やはかなげな肢体を観察して、いまもたまに妄想する。

ワタシの家庭も上々ではなかった。これといった原因はない。だからこそ質が悪い。諍《いさか》う熱すらなく、ただしんとしている――。

数時間後、行方不明だった生徒たちが捜し出された。連れ戻したのは廣田センセイで、ワタシは、怠惰な彼が役に立つのを初めて見た。廣田センセイが早口で解説してくれた。

「二人とも進路や家庭内のトラブルに悩んで、とにかく全部忘れたいって、西麻布のクラブに出掛けたそうです。門限に遅れても一時間以内と決めてたのに、夢中になっちゃったそうで。恐くなって、担任の升美先生じゃなくて、生徒より頼りない俺に電話してきました」

無事ならそれでいい。詳しい事情と説諭は、帰校してからで十分だ。

「廣田センセイ……まことに、まことにご苦労さまでした」

ワタシは心から礼を言い、足をふらつかせながらエレベーターに向かった。

かたわらを歩く香織先生が伸びをし、ブラウス越しの乳房が強調された。「ふあん」と漏らした欠伸が幼女のようで、ワタシは慰められた。キュンキュンキュン、である。

シングルルームに入ると、チェーンをかけたり靴を脱いだりする余裕もなく、とにかくベッドに転がった。

頬の引きつりがおさまらない。頭がズキズキする。胃が荒れている。ボロ雑巾《ぞうきん》のように疲弊している。枕を抱き締める。

甘えたい。

手を握ってほしい。

我を忘れたい。

ワタシは十数年前から使っている携帯を背広の内ポケットから出し、親指を動かしてメールを打った。

『香織先生。じつは、好きなのです。415号室で待っています』

迷うことなく、送信した。

彼女とは、たまたまだが、前任校以来の同僚だ。もう六年の行き交いになる。六年も尻込みをしていたのだから、これ以上躊躇《ためら》う必要などない。

「――どわっ⁉」

ワタシは我ながら奇妙な声を発して、跳ね起きた。携帯を開いて確認する。いまのメールの宛先は、『はなこさん』になっている。

何度見返しても、目を凝らしても、『はなこさん』。

妻だ。

信じがたい過誤を犯した。

ワタシは客室を飛び出した。さっき香織先生と彷徨った広小路あたりにレンタカー屋があった記憶がある。

不眠がちの妻は、「眠りを邪魔されたくない」と、ワタシと同型で色違いの携帯にタイマーをかけている。午後十一時に電源が切れ、朝七時に起動する。

妻はまだあのメールに気づいていない。七時まで六時間半ある。ここから青森までは七百キロ。

行けるか？

いや。行くしかない。

ワタシはレンタカー屋に飛び込み、カウンターでうたた寝をしている係員に、あわあわと怒鳴った。

「間違えた！　間違えたんだ！　妻に送信してしまった。いつも七時に起きて保険の仕事に行くんだ。飛ばせば間に合う……間に合うって、言ってください！」

借りた車のアクセルを踏み込む。

カーナビも道路標識も頭に入ってこない。「北だ」と感じる方向に動物的にハンドルを切る。闇雲に走る。

東京を出ると、高速の周囲が夜の海のように黒くなる。滑走路さながらの道を、ワタシは離陸しそうな勢いで飛ばす。やっと目に入るようになった緑色の案内板が、『宇都宮』『郡山』『福島』と変化していく。

運転しながら左手で携帯を操作し、雨宮といったか、やけに歯が白く男のくせに香水臭い添乗員に電話をした。

「身内に不幸があったからあとはよろしく頼む」

運転中の通話が違法であることは知っていたが、そもそも百キロを軽くオーバーしているのだ。毒を食らわば皿まで。

前でトロトロするトラックに、「バカヤロー！」と喚いた。

ちんたら走る軽乗用車には、「コロスゾー！」と叫んだ。

こんな大声で、しかも罵詈雑言を口にしたのは初めてのことかもしれない。最初は声が震えたが、十回目にもなると、映画のチンピラのように堂々と発していた。

「テメエ、ブッコロスゾ、コノバカヤロー！」

爽快だ。

頬の痙攣はすっかりおさまり、二十歳ほど若返ったかと想えるほど身体が軽い。力が漲《みなぎ》っている。

このレンタカーはタイムマシンか？

ワタシはさらにアクセルを踏む。ずっとこの調子だから、もうスピードの感覚が分からない。東北自動車道の標識が『仙台』から『盛岡』に至る頃、東の空がぼんやり白み始めた。


ワタシの家は、やはり教員だった亡き父母から相続したもので、東青森松森地区の住宅地に建っている。築四十五年の貧相な木造家屋だ。ひとり娘は三年前に巣立って嫁いだ。触媒がいなくなって、妻とはずいぶん、まともな会話をしていない。触らぬ神に祟りなし。彼女の悋気《りんき》と癇癪《かんしゃく》は尋常ではない。

家の前に着いたのは、六時五十五分。妻の携帯に電源が入る五分前だ。車を降りたワタシは、走り出そうとした足を止めて立ち尽くした。

眩しい朝日を浴びる我が家。これまでワタシがずうっと過ごし、これからワタシがずうっと過ごすところ。

いくつかの部屋の壁紙が剝がれかけていて、引っ張ると、地肌は黴《かび》で黒ずんでいる。

食卓に置かれた妻の薬は、年ごとに種類が増えていく。

子供が幼かった頃の家族写真は黄ばんでいる。

毎朝、洗面の際、歯磨き粉が白く飛び散った鏡から目を背ける。シミ、シワ、たるみで老い始めた面相がワタシだと信じたくない。

ワタシは車にもたれて、時間が過ぎるのを待った。そうだったのかと、ゆっくり気づく。

ワタシは壊したかった。ワタシが壊れる前に。

教育者として己を律し、良き家庭人を装ってきた。外面を保つために、内部が腐りかけていた。

香織先生に宛てたメールの送信先を誤ったのも、じつはワタシの意志だったのかもしれない。スカイツリーの前で女生徒が述べた、「手さぐり」という単語を回想する。なにが教育者だ。ワタシにはワタシのことさえよく分かっていなかった。

手さぐり。

七時になった。

その瞬間、ワタシは陶然とした。

長い暮らしに古び、手入れも行き届かず、みすぼらしいワタシの家。しかし喪失した途端にその家は神々しいほど輝き、幸福の旋律と愛の光に包まれた。

ワタシが手にしていたものの価値に、ワタシは初めて見惚れ、ほんの束の間、満ち足りていた。

終章　離陸

「人生を悲観した時は、ヒースロー空港の到着ロビーを思い浮かべるといい。父と息子、母と娘、夫と妻、懐かしい友人、みんなが再会に歓喜し、抱き合い、キスを交わしている。崇高でもなくニュース性もないけれど、愛はいたるところにある。いつも、すぐそこに」

浜田山機長は羽田空港で、むかし観た映画のナレーションを反芻《はんすう》する。それも、今日が最後になる。

六十歳の誕生日を迎えた。

ＪＡＬ１２０９便は定刻の夕方六時三十分に、牽引車に押し出されて第一旅客ターミナルのスポットを離れた。建物から十分離れたのを視認して、浜田山機長は副操縦士にエンジン・スタートをオーダーした。

今朝は那覇から福岡に飛び、関空を経て羽田に来た。これが四レグめのフライトだ。長瀞《ながとろ》という副操縦士は三十代。腹の突き出た快活な男で、ステイ先では食べ歩き、休日は料理ばかりしているという。かつて北米線や国内で何度か共に飛んだことがあるから、気が楽だ。

管制塔から、先行する767につづいて誘導路に入り、16Rから離陸せよという指示が来た。出発経路はモリヤ・セブン・ディパーチャー。エンジン出力が安定したことを確かめ、長瀞がスラストレバーを上げ、チラーに手をかける。

737-800が地上走行を始めた。黄昏の羽田空港をゆっくり移動する。

浜田山機長はスーパーのレジのように打ち出されてきた紙片を千切り、空港気象に目を走らせる。

RJTT 180930Z 09007KT 9999 FEW030 SCT090 25/21 Q1014 NOSIG RMK 1CU090

絶好のコンディションだ。

「フラップス二十。フライト・コントロール、チェック」

離陸の手順を踏みながら、浜田山機長はサイドポケットに入れていた搭乗者名簿を手に取る。

偶然にも、数日前に青森空港でターミナルと滑走路を何往復もさせられた青森県立青森東北原高校の修学旅行の団体が乗っていることは確認済みだ。

どんな修学旅行だったろうか？　どういう三泊四日だったろう？

彼らの旅に思いを馳せる。

浜田山機長は、自身がペンで印をつけた名前を見る。

Megumi Hamadayama　58　F

浜田山恵、五十八歳、女性。

あまり飛行機を好まない妻を、「今日だけは」と誘った。今夜は大散財を覚悟し、青森市で最善と聞いた『寿司一』のカウンターを予約してある。

長瀞とタクシー・アンド・テイクオフ・チェックリストを確認し終えると、管制から新たな指令が入った。いま着陸して誘導路に入ったシンガポール航空の７７７に道を譲り、しばらくそこで待機せよと。

管制官も人間である以上、個性を有する。ニューヨークのＪＦＫ空港のある管制官は、到着機に各国語で挨拶することで知られていた。十三時間のフライトを経てそろそろ着陸態勢という頃、

「ハロー・ジェイエイエル。オハヨウゴザイマス」

こう呼びかけられると心が安らいだ。

無線をモニターしていると、彼はイベリア航空にはスペイン語で、ルフトハンザにはドイツ語でこんにちはを述べている。顔や人種さえ知らないこの管制官に親しみを覚えたパイロットは、世界にたくさんいるだろう。

パリのシャルル・ド・ゴール空港にも名物がいる。甲高い声の女性管制官だが、彼女はラッシュやトラブル発生時など、混乱すると英語を忘れ、フランス語でまくし立てる。ほとんどのパイロットには意味が分からない。管制の不備はニアミスなどの事故原因になる。近隣の全パイロットは彼女が一分でも早く落ち着くようにと交信を控えて静寂を作り、神に祈りを捧げる。

ここ羽田空港の彼は、ブルースと仇名《あだな》されている。酒とタバコで喉を潰したブルース・シンガーのように渋い声で、それはつまり、聞き取りにくいということでもある。目下の、「シンガポール航空の777を優先しろ」という英語も、長瀞と確認し合ってようやく了解した。

ブルースの声を初めて聞いたのは、二十年も前になろうか。顔も知らぬまま出会い、今日でお別れする。浜田山機長の胸に甘酸っぱい気持ちが溢れた。

夕刻のラッシュ・アワー。機は誘導路でしばらく待つことになりそうだ。周囲が徐々に暗くなる。

浜田山機長はヘッドセットのマイクをオンにした。

「ご搭乗のみなさまに、コックピットから機長の浜田山がご案内します。羽田空港混雑のため、当機、しばし離陸を待つことになりそうです」

ちらりと窺うと、長瀞が、「どうぞ」というふうに破顔した。

浜田山機長はマイクに語った。

「この間に、私事のご報告とお礼を述べさせていただきたいと存じます。この青森行き1209便が、私、浜田山のラスト・フライトとなります。本日、定年退職を迎えます。長い間、本当にありがとうございました」

待機は当分つづきそうだ。浜田山機長は、自分でも予想外の話を始めた。

「じつは」

じつは。

「じつは、白状しますが、私は飛行機が恐い」

長瀞が、ギョッとした表情でこちらを見ている。

「私は飛行機が恐いんです。毎日、同じ出発、同じルート、同じ着陸をしながら、毎回、違うんです。……風。機体のコンディション。貨客の重量やバランス。滑走路の状態。くり返しのように見えて、いつも違います。……生活と同じだと思うんです。出会いは数え切れないけど、その人と会う確率は奇跡に近い。失恋はありふれたものですが、そのたびに残酷です」

シートポケットに、搭乗者名簿が挟まっている。ズラリと並んでいるローマ字の名前。もちろんひとりひとりを認識しているわけはない。それでも浜田山機長は、いつも後ろを見つめて操縦してきた。「出会いは数え切れないけど、その人と会う確率は奇跡に近い」のだから。

Yumami Baba　17　F　馬場〝手さぐり〟結真実
Kyohei Shiba　17　M　柴〝誤変換〟恭平
Katsutoshi Yabuki　17　M　矢吹〝犬並み〟勝利
Harumi Enoki　18　F　榎〝ダブリ〟ハルミ
Masumi Nakajima　27　F　中島〝負けず嫌い〟升美
Yuko Futenma　21　F　普天間〝霊能者〟夕子
Kotaro Hirota　34　M　廣田〝やる気ない〟孝太郎
Takanobu Nashimoto　17　M　梨本〝ＭｔＦビアン〟貴延

Tatsuya Imagawa　17　M　今川〝ヘッドホン〟達也
Yuki Kurata　17　F　倉田〝優等生〟有紀

浜田山機長は、最後の機内放送をつづけた。

「旅客機は十キロの高度を時速八百キロ以上で飛びます。外気温はマイナス六十度。気圧は地上の四分の一だし、空気中の水分は〇・〇一パーセントです。与圧が故障しただけで意識は三十秒でなくなる。翼に積まれた大量の燃料は可燃性ガスを発生させ、その横で、内部が二千度になるふたつのエンジンが力一杯回っている」

それゆえ、パイロットには頻繁にチェックがある。

年に二回、精密な身体検査がある。やはり年に二度、シックス・マンス・チェックと呼ばれる、フライト・シミュレーターでの技量審査がある。さらに路線審査があり、通常運航時に査察官を同乗させることもある。どのチェックも、一旦フェイルしたら地上勤務に回され、二度と飛ぶことは叶わない。

常に受験生を抱えたようにピリピリした家で、誰に負担がかかるのかは明白だ。結婚して二十六年が過ぎた。浜田山機長はいま、客席にいる妻に向けて語りかけていた。

「長いパイロット人生を事故なく、つつがなく過ごして参りました。私を支えてくれた人に、深く感謝します。……おかげさまです」

こういう形でしかありがとうを伝えられない自分の世代を、もどかしく感じている。

７３７は地上走行を再開した。

「ランウェイ・クリアー、ファイナル・クリアー」

16R滑走路に進入した。

先発の７６７が飛び立つのを見送り、コンソールのストップウォッチを押す。離陸時の出力は最大だ。ジェットエンジンの噴射が後方乱気流を発生させるから、前機の出発から一分間は待つことが決められている。

すべての準備が整い、浜田山機長がセーム革の手袋を着け、「アイ・ハブ」と述べた。長瀞が満面の笑みを向ける。

「ユー・ハブ」

ラスト・フライトに備えた時、ヘッドセットからブルースのしわがれ声が流れてきた。

「ジェイエイエル１２０９《ワンツーゼロナイン》、ウィンド０９０《ゼロナインゼロ》・７《セブン》ノット。クリア・フォー・テイクオフ」

浜田山機長は右手をスラストレバーに置き、左手で操縦輪を握った。無線に応える。

「クリア・フォー・テイクオフ」

「ハブ・ア・グッド・フライト。アンド……」

ブルースが告げた。

「ハブ・ア・グッド・ライフ」

耳を疑った。

出し抜けに、ブルースの発言に日本語が混じった。

「浜田山機長。長い間お疲れさまでした。……ハブ・ア・グッド・ライフ」

良い人生を。

安全で愉快で、心地よい生活を。

羽田空港の主ともいえるブルースは、どこで浜田山機長の引退を聞きつけたのか。不意打ちの餞《はなむけ》だった。

込み上げてきたもので計器がぼやけそうになって、浜田山機長は急いで目をしばたたいた。

長瀞が口にする。

「チェックリスト・コンプリート」

「テイクオフ」浜田山機長が言う。

「テイクオフ」長瀞が返す。

浜田山機長がスラストレバーを操作する。

「オール・スタビライズド」

「チェック」

エンジン音がキーンと高くなる。靴の先を軽く動かしてブレーキを解除した。737はフルパワーで滑走を始める。前輪が白色の滑走路中心線灯を踏むゴトゴトという音の間隔が急速に短くなる。

「エイティ……ヴィ・ワン」

浜田山機長は右手をスラストレバーから離し、両手で操縦輪を握り締める。

「ローテイト」

速度計を読み上げる長瀞の声を受けて、浜田山機長は操縦輪を引いた。

何万回も経験して慣れ親しんだ感覚とともに、飛行機は初めての道へ離陸する。

機首を上げて、底知れない暗闇が迎える夜空へと。

注記
旅客機のコックピット内の描写に関しては、内田幹樹氏の多くの著作を参考にさせていただきました。ここに記し、感謝を捧げます。
この物語はフィクションであり、実在の人物・企業・団体とは一切関係ありません。

幸せであるように
作詞 浜崎貴司　作曲 FLYING KIDS　編曲 FLYING KIDS

この作品は書き下ろしです。原稿枚数329枚（400字詰め）。

幻冬舎文庫

●最新刊
女の庭
花房観音

恩師の葬式で再会した五人の女。「来年も五山の送り火で逢おう」と約束をする。五人五様の秘密を抱えた女たちは、変わらぬ街で変わらぬ顔をして再会できるのか。女の性と本音を描いた問題作。

●最新刊
大事なことほど小声でささやく
森沢明夫

身長2メートル超のマッチョなオカマ・ゴンママが営むスナック。悩みに合わせたカクテルで客を励ますゴンママだが、ある日独りで生きることに不安を抱いてしまい——。笑って泣ける人情小説。

●最新刊
明日死ぬかもしれない自分、そしてあなたたち
山田詠美

誰もが、誰かの、かけがえのない大切な人。失ったものは、家族の一員であると同時に、幸福を留めるための重要なねじだった。絶望から再生した家族が語りだす、喪失から始まる愛惜の傑作長篇。

●最新刊
奥の奥の森の奥に、いる。
山田悠介

政府がひた隠す悪魔村。悪魔になることを運命づけられた少年と、悪魔を産むことを義務づけられた少女が、この悲劇の村から逃げ出した。悪魔化する体と戦いながら、少年は必死に少女を守る！

●好評既刊
海に降る
朱野帰子

潜水調査船のパイロットを目指す深雪は閉所恐怖症になってしまう。落ち込む深雪の前に現れたのは謎の深海生物を追う高峰だった。運命は彼らを大冒険へといざない……。壮大で爽快な傑作長編。

幸《しあわ》せであるように

一色伸幸《いっしきのぶゆき》

平成27年8月5日　初版発行

発行人——石原正康
編集人——袖山満一子
発行所——株式会社幻冬舎
〒151-0051東京都渋谷区千駄ヶ谷4-9-7
電話　03(5411)6222(営業)
　　　03(5411)6211(編集)
　　　振替00120-8-767643
印刷・製本—錦明印刷株式会社
装丁者——高橋雅之

幻冬舎文庫

ISBN978-4-344-42367-1　C0193　い-51-1